中国科幻研究中心　指导编写

2020 年度
中国少儿科幻选本

陈　玲　马传思　主编

大连出版社
DALIAN PUBLISHING HOUSE

图书在版编目（CIP）数据

2020年度中国少儿科幻选本 / 陈玲, 马传思主编. —大连：大连出版社，2021.4
ISBN 978-7-5505-1672-4

Ⅰ. ①2… Ⅱ. ①陈… ②马… Ⅲ. ①幻想小说—短篇小说—小说集—中国—当代 Ⅳ. ①I247.7

中国版本图书馆CIP数据核字(2021)第059644号

出 版 人：刘明辉
策划编辑：安晓雪
责任编辑：安晓雪
封面设计：林 洋
封面绘图：王彦开
责任校对：乔 丽
责任印制：徐丽红

出版发行者：大连出版社
地址：大连市高新园区亿阳路6号三丰大厦A座18层
邮编：116023
电话：0411-83620416 / 83621075
传真：0411-83610391
网址：http：// www.dlmpm.com
邮箱：313257739@qq.com
印 刷 者：大连金华光彩色印刷有限公司
经 销 者：各地新华书店

幅面尺寸：160 mm × 220 mm
印　　张：17
字　　数：200千字
出版时间：2021年4月第1版
印刷时间：2021年4月第1次印刷
书　　号：ISBN 978-7-5505-1672-4
定　　价：49.00元

编 委 会

目 录

CONTENTS

年度优秀短篇

年度优秀长篇

年度优秀短篇

奶奶的霸王龙保姆

◎ 贾 飞

1

一嘴的利牙，一身的鳞片，鳄鱼一样丑陋的面孔，五根手指一直在我面前晃啊晃。

这就是我今天回到家遇到的保姆，我奶奶的保姆——霸王龙！

它是货真价实的霸王龙；是在白垩纪时期早已灭绝，却因为老年人的钟爱又被科学家复活并经基因改造了的，在这个老年人独居年代成为老年人标配保姆的霸王龙。

“巨大、凶恶、奇特，已灭绝的小霸王龙成为你的保姆，摆脱子女的束缚，你愿意吗？——养老协会宣”，小区里的空气屏幕广告每天循环播放这个宣传片。

奶奶是在一次和爸爸妈妈吵架后，一冲动买的霸王龙保姆，还给它起了名字——霸小龙，意为小号霸王龙。

今天我回到家时，奶奶正跟爸爸撒着娇说：“老家的农家院要被改造成适合霸小龙居住的房子，我和霸小龙不得不搬到你家来住一段时间。你不觉得霸小龙的小短手很萌吗？”

爸爸听后表情十分复杂：“霸小龙的手指明明只有两根，你非要基因改造成五根。”

我想爸爸跟我一样，对恐龙并不感兴趣。说实话，对恐龙感到好奇已是几十年前的小孩子的事了。现代社会，你想干什么想看什么，几乎没有办不到的，就连火星，我们全家一年都要去旅行几次。现在只有老人家才会喜欢恐龙了。

我看见这只恐龙就没好脸色。每当逢年过节去奶奶家，这只所谓的恐龙都要在我面前晃悠，说我长得像我过世的爷爷，跟我套近乎，然后问我它的祖先在白垩纪的奇闻逸事。我都会装作自己很懂的样子回答它，但是它听完以后总是甩着大尾巴扬长而去，有时候尾巴还会扫到我的脸。它哼着最流行的歌曲屁颠屁颠帮奶奶做饭去了，从不对我表示感谢。只留下我自己在那里纳闷：这只恐龙到底想干啥？反正我对它没有什么好感。

这是一只长得丑、没礼貌、没文化、个头又小的霸王龙，跟我在书里看到的巨大的、凶恶的、神秘的霸王龙完全不同。

今天它来到我家，还是那副面孔，只是身上的鳞片好像换了一副，我猜是奶奶给它购置的新装备吧。仔细看看，还挺酷的，就是一张鳄鱼脸，不好看。

“霸小龙，除了看身材，还得看脸啊！”我对霸小龙嘟着嘴说，“光换鳞片有什么用啊？”

它一步一步踩着猫步来到我面前。“小朋友，我是你奶奶的保姆，你得叫我霸小龙哥哥，要有礼貌，知道吗？”它转了一个身，手叉着腰，“再说了，我这身材，这脸蛋，哪里不好了？在我们恐龙界，也是数一数二的好吗？”

我听到这些想吐了，见过自恋的，没见过这么自恋的。我干脆不跟它瞎扯，回房间做作业去了。

接着，我就听见爸爸和妈妈在隔壁房间争吵。妈妈同意奶奶住进来，但是不同意霸小龙住进来，理由就是霸小龙相貌丑陋，生活习惯和人类不同，饮食起居都要注意，况且奶奶和霸小龙又不是住一天两天，起码要住上半年一年。爸爸则认为霸小龙性格温柔，会和我们和睦共处。

我干脆戴上耳塞，继续写作业。我跟妈妈的观点一样，我也不希望霸小龙住进来影响我的生活和学习。最重要的是，我不想被它的尾巴碰到脸。

经过妈妈和我的极力反抗，霸小龙，不，霸王龙被送进了宠物公园。

我激动极了，终于不用再看见那个丑陋的霸王龙保姆了。

2

爸爸非要拉上我去送霸王龙。霸王龙低着头，身上闪闪发光的鳞片现在也黯然无光，原来引以为傲的五根手指也被它背在身后。我则在一旁偷笑，总算不用每天看到它了。

宠物公园的空气屏幕广告上正展示着各种各样的宠物：妖媚的

猫、听话的狗狗，还有戴着眼镜会念诗的小兔子……这些被基因改造了的动物都成了人类最亲密无间的朋友和家人。广告上说：“从霸王龙的头骨形状来看，其上颌宽下颌窄，咬合的时候上下颌牙施加的力不完全相对，有利于咬断骨骼。霸王龙的牙齿呈圆锥状，类似香蕉，适合压碎骨头，而绝大部分肉食恐龙的牙齿则多用于穿刺和切割。霸王龙的头骨结构显示其猎食行为可能和大部分兽脚类恐龙不一样……霸王龙适合中老年人，它将打开你的活力按钮，让你的老年生活有滋有味。”

霸王龙去了宠物公园后，家里瞬间安静了不少。我每天晚上在房间写作业，原本是妈妈负责的家务活，有一部分分给了奶奶，而奶奶在拖地的时候总是看着窗外偷偷抹泪。

有一天，爸爸接到了一个电话，火急火燎地出去了。然后，我最不愿意看到的一个人，不，一个保姆，出现了，那就是霸小龙。

爸爸说霸小龙在宠物公园寄养的三天里把宠物公园闹了个底儿朝天，别的宠物都被它欺负个遍，橡皮狗的尾巴被它咬掉了，贵宾猫被它吓傻了，还有邻居家寄养的小狮子的毛也被它拔光了。面对宠物公园开的巨额罚单，爸爸不得已将霸小龙接回了家。

经过商量，家里决定让霸小龙住我的房间，我不开心。当得知我和霸小龙住一间房的时候，我更加不开心。

“要不你自己睡我房间，你身上味儿大。”我不高兴地说。

“你身上味儿更大。”霸小龙反驳道。

霸小龙睡觉前都要做几个仰卧起坐，还有第三十六套恐龙广播体操，美其名曰保持身材。

别看它长相凶恶，可是它睡觉不打呼噜，不踢被子，也不跟我争被子，我在它身边睡觉相当安稳。不过它经常会梦游睡在奶奶房间的门外。

它有天然生物钟，早上六点准时起床，打扫卫生，给奶奶准备晨练的器械和老年人营养早餐，给我准备当天要穿的衣服。

看到这么勤劳的霸小龙，我竟然有一些佩服它。

有时候我做作业遇到了难题，它还可以帮我解答；有时候我提出了一些“十万个为什么”的问题，它也可以准确无误地回答我。

我边听它回答，边看着它鳄鱼般的大脸和身上闪闪发光的鳞片，一时之间，也觉得它挺美的。这个时候它总会来一句“你看起来很好吃”，吓得我浑身直哆嗦。

自从它在电影里看见了自己的同族雄霸远古时期的威武形象后，便总是絮絮叨叨地在我们耳边嘀咕：“既然基因工程能把我改小，能不能再把我改回去？我要成为真正的霸王龙，巨大、威武的霸王龙。”吓得我们不敢给它看电影了。

爸爸妈妈和奶奶要去旅游，但是我还要在学校上课，就需要和霸小龙单独在家里待几天。它每天都把早餐送到我面前。有一天，我觉得肚子不太舒服，躺在床上打滚，霸小龙找遍了家里所有的地方都没有找到药，于是决定出去给我买。

“小华，现在我要出去给你买药，你在家里不要动，等我回来。”

我躺在床上，也不回答，就像什么都听不到。

“哐”的一声，门关上了，霸小龙出去了。

我突然从床上坐起来：“要不是我装病，怎么能出去玩呢？”

接着我打通小伙伴们的电话，大摇大摆去游乐园玩了。

3

当我再次看到霸小龙的时候，是在派出所。霸小龙正张着大嘴露出牙齿，在它面前的保安大叔吓得直哆嗦。

我和小伙伴们在游乐园玩耍的时候不小心弄坏了游乐园的游乐器材，因此被保安大叔拦了下来，送进了派出所。派出所打电话给爸爸，爸爸打电话给霸小龙，就这样，霸小龙在我家人不在的时候成了我的临时监护人。

我低着头不敢看霸小龙的脸，我知道，它肯定很生气，一会儿要骂我。

然而，有人拍了拍我的肩膀，我感到温暖又害怕，抬头一看，是霸小龙。它鳄鱼般的大脸上露出了温和的微笑，它没有打骂我，只是咧着嘴，露出锋利的牙齿。

“看到我的牙了吗？”霸小龙微笑着说，牙齿在空气中露着光泽，“我想恐怕没有恐龙有我如此锋利的牙齿了。”

“我想是的。”我说道。

“游乐园的事情是游乐园保安搞错了，你们玩的器材本来就是不符合国家安全标准的，我还没找游乐园算账呢，他们提出的赔偿要求被我拒绝了。”霸小龙露着锋利的牙齿说道，“你放心吧，等你爸妈回来我会帮你解释的。”

那一瞬间，我看着它的牙齿，心想，恐怕没有恐龙有这么锋利这么善良的牙齿了。

不过我装病的事情还是被爸爸妈妈知道了，我被爸爸骂了一顿，并罚两天不能吃零食。

奶奶关心我的同时，也关心霸小龙。以前我看到奶奶帮霸小龙检查身体都会觉得不舒服，现在反倒觉得挺好的，霸小龙对我们这么好，我们也应该对它好才是，这跟它是恐龙还是人没有关系，这是义气。

4

期中考试结果出来了，我又是全班倒数第一。

我心情低落地走回家，霸小龙正在擦桌子，奶奶在和它聊天。我突然很羡慕它，它只需要单纯地擦擦桌子、扫扫地、做做饭就可以获得家人的赞赏，而我却要努力写作业，努力考试，才能被爸爸妈妈表扬。想想就觉得很不公平，人和恐龙的差距怎么就这么大呢？！

果不其然，我的成绩很快就被爸爸妈妈知道了。

“全班倒数第一，语文39分，满分一百。”妈妈用标准的普通话一字一句地说，“别的科目我不敢说，我和你爸爸没有那个能力辅导，但是你妈妈我身为作家，你就没有权利没有责任继承我的一点点文学基因吗？”

我双手放在胸前，低着头：“我也想继承您的文学基因，可惜并没有。”

“那你爸爸的数学基因呢？”妈妈拿起戒尺，示意我伸出手。

我闭上眼睛，打算接受一直以来我躲不过的体罚。

每次我考试考不好，都会被戒尺打手。我都习以为常了，但是每次在惩罚来临之前还是会觉得恐惧，越恐惧越学不好，越学不好越被罚，越恐惧。这就像是马太效应，学习好的人受到表扬，学习就会越来越好，学习不好的人受到批评，恶性循环，学习可能越来越差。

我在心里默念，等我数到“三”，戒尺打在我手上之后，恐惧就会结束。

但是这一次，戒尺没有按时落到我的手上。

我睁开眼睛，发现霸小龙的尾巴正卷着原本握在妈妈手里的戒尺。妈妈一脸不解：“你不要管我们家的事，你只是个保姆，做好你保姆该做的事就行了。”

“你不能体罚孩子，这是违法的。”霸小龙一本正经地说，“科学研究表明，体罚会对孩子造成心理阴影。”

“你不要管。”

“你自己说，罚你有没有错？”妈妈指着我问。

“妈妈罚得对，妈妈罚得没有错，是我没学好，是我不对。”

霸小龙轻轻放下戒尺，走回了房间，怒气肆意弥漫在整个房子里。

而戒尺，又被妈妈重重地打在了我的手上。我一晚上都在考试失利的恐惧中度过。

第二天早上，奶奶和霸小龙一起离家出走了。

5

毫无意外，全家出动找奶奶和霸小龙。

我们的第一站是宠物公园。公园管理员说：“霸小龙保姆没有来过这里。”

第二站是宠物学校。霸小龙就是从这里毕业的，我们觉得它和学校应该是有感情的，然而它的同学和老师口径一致：“它不可能回来吧，它的恐龙缘这么差，跟同学、老师闹得很僵。”

第三站是宠物医院。医生和护士纷纷表示：“霸小龙保姆不可能来我们医院，因为它的身体机能是比人类更加优越的，很难受伤。”

爸爸开始垂头丧气，找不到霸小龙事小，可以用便宜的机器人保姆代替，但是找不到奶奶，事情可大了，他可怎么向去世的爷爷交代啊！

“都是我不好，霸小龙为咱们家付出了这么多，我还那么批评它，真有点儿对不起它。”妈妈说道。

“爸爸，奶奶为什么不用机器人保姆，非要用霸小龙啊？”我好奇地问爸爸。

“这个问题，”爸爸长长地叹了一口气，“霸小龙步态轻盈，善解人意，长相奇特，让人心生好奇，你奶奶说它像你爷爷。”

“奶奶不会回老家了吧？”我说道。

爸爸妈妈仿佛想到了什么，带着我一起奔向老家的房子。

这是一个普通的农家院，因为改造被夷成了平地，就连我小时候喜欢的杏树都被连根拔起，桃树、梨树、苹果树都不在了。不知道为什么，看着眼前的平地，我竟然想起小时候院子里的果树开花的情景，还有秋天果实成熟收获的景象，然而现在却什么都没有了，鼻子酸酸的。

我一个人朝院子后面不远处的菜地走去，以前奶奶喜欢夏天在这里种菜，豆角、黄瓜、上海青，冬天种萝卜和白菜。自从霸小龙跟了奶奶，家务活、农活，都是霸小龙承担。去年中秋节，霸小龙还亲手给我做了花生味儿的月饼，甜甜的，脆脆的，香香的，很好吃。

霸小龙仿佛在不知不觉之中成了我们家的一分子。

走着走着，我到了菜地。看着面前的全息影像菜地，虽然全息影像里什么菜都有，但是我有些失落，毕竟这些菜不是真实的，这个年代没有真正的菜地，我们的生活再也回不到从前那种田园式的了。奶奶也不见了。

霸小龙，奶奶，你们在哪儿啊？

“小华，来，吃个全息影像番茄。”

多么熟悉的声音，我睁大了眼睛：“霸小龙，真是你。”

我奔跑起来，钻进了比我高很多的霸小龙的怀抱。

奶奶在对面看着我们，爸爸妈妈在身后凝视着我们。

我们一家人团团圆圆，很幸福。

《科学故事会》2020年10月刊

精彩点评

想象我们生活在一个可以拥有私人定制保姆的未来世界，我们会选择什么款式的保姆，是复古的铁皮机器人、乖巧的小猫咪，还是活泼的小狗？它一定是我们最喜欢的样子。然而，在《奶奶的霸王龙保姆》中，闯入小华生活的竟然是一只经基因改造的霸王龙保姆——霸小龙。

今天，基因技术被广泛地应用于医学、生物工程、农业等诸多领域，颠覆性地改变着我们的生活。可以预见在不远的将来，基因技术必将取得更具革命性的突破。然而由于伦理、法律等方面的争议，人类对基因技术的态度至今仍然莫衷一是。不同于大多数科幻作品对基因技术所持的怀疑、审视的目光，本文透过孩子充满童趣的眼睛，乐观地绘制了一幅基因技术发达的未来图景。

作者独具匠心地选择了很多小朋友都喜欢的恐龙作为故事的主角，无形中拉近了作品与小读者之间的距离。随着故事的进展，我们发现这只相貌丑陋、性格古怪的迷你霸王龙，其实是一个勤奋好学、聪明善良的好朋友。充满正义感的小恐龙不仅打动了小华，也打动了每一位小读者。在它丑陋的外貌之下，埋藏着一颗美丽的心灵。整篇故事节奏轻快，充满生活气息，语言质朴中带着童趣，必定可以收获低幼龄小读者的青睐。

日本现当代科幻文学研究青年学者　赵晋

再见，兵果

◎ 李希军

兵果，我是真的不想离开你，你知道吗？此刻的我正跋涉在暗黑的森林里。树枝在月影下的姿态，像极了树妖。不过我不会害怕，我身边还有很多同伴。大风掠过树梢的呜呜声，平添了恐怖的气氛。此刻要是换作你，一定吓坏了，一定会紧握着我的手，躲在我的身后……

月亮已经爬上了树梢，天空格外清朗，星星也格外亮，这让我想起了我们一起去那个山洞探险的夜晚。

那应该是两年前的夜晚吧，我的记忆力最近有些差，这应该和我不久前跌倒了有关。看守我们的人真是太粗鲁了，我被他们推搡得跌倒，磕碰到了头部，我便觉得我的记忆力不那么好了。

不去提那些不开心的事，我想起了我们的第一次见面。四年级的你个子已经有一米六了，只是有些偏瘦，像根豆芽菜，圆圆的黑框眼镜后面是双美丽的大眼睛，黑黑的眼眸中闪烁着聪慧的光。我喜欢你的双眼皮，喜欢你干练的短发，一身干净的白 T 恤加灰色长裤。我第一眼看到你时就渴望做你的朋友，当你选择我来做朋友时，我简直太高兴了，从此我们形影不离……

哎呀！我的记忆真的有些混乱了，看来我真的摔得不轻。本来想的是我们那夜去山洞探险，怎么又跑到我们的第一次见面去了。那么好吧，来想想我们的那次山洞探险吧，这样我在行走的路上才不会孤独。

那是个和今晚一样清爽的夜晚，突然迷上探险的你领着我去了城市边缘的那个大山洞。那是一座还算高大的山，多年的封山育林，使得山林草木葳蕤。穿过一些低矮的灌木，我们走进了树林。林子里的松树、柞树，争相往上生长着，尽量让自己多得到一些阳光。与树林边缘的寸步难行相比，树林内却是宽敞干净的。只有偶尔碰到的野花椒上讨厌的针刺，会影响我们的前行。你在前面带路，不知从哪儿搞到的探险地图是我们唯一的向导。你觉得这样才够刺激，真正的探险是不需要太多高科技的，比如说定位导航。

可是我知道，这附近应该会有大型猛兽，人类对环境保护的重视，生态环境的改善，使许多野生动物又活跃起来。果然，当我们行走到半山腰时，一头梅花鹿闯入了我们的视野。你好奇地凑上去，而我却紧张起来——既然有梅花鹿活动，那么肉食性动物狼、豹等也可能会出现在这里。

不出所料，一对晶莹的绿光在树林中飘忽的时候，我立刻看清楚那是一匹狼，黑夜阻挡不了我的视线，尽管你没有察觉到，但是我早已经听到、看到那小牛犊一样大小的灰狼了。

“乒果，小心！”我发出了警告。

当灰狼出现在你面前时，乒果，呵呵，你吓得跌坐在地上，双脚拼命地乱蹬，但是身体却没有因此而后退半步。我赶紧冲上去按住你的肩头，告诉你我就在你身边，并立刻打开你的探险背包，拿出里面的闪爆枪和辣椒喷雾，同时亮起我的示警灯。

也许是被我的气势吓住了吧，也许是我的示警灯光亮太过刺眼，灰狼没有选择进攻，它慢慢地后退，最后转身快速地消失在树林深处。

一场有惊无险的遭遇后，兵果，你一定吓坏了，紧握着我的手，我能感受到你手指传来的抖动。你躲在我的身后，我们继续朝山洞进发。结果是令人失望的，没有神奇的洞神，更没有诱人的宝藏，山洞里空荡荡的，除了空气，什么也没有。

“一次失败的探险！”你说。

不过你对我的表现却大为钦佩，这令我非常高兴。你的同学们知道这件事后都羡慕得不得了，很多同学也因此结识了和我一样的好朋友。

天快亮了，夜里还发生了另一件事。一个同伴突然大叫着跑出了行进的队伍，看守我们的人立刻启动飞车去追赶。他哪里跑得过飞车呀！不过我们一直没有再见到他。

到现在我也不清楚到底发生了什么，要把我们带去哪里。看守们都特别冷酷，不许我们交流。不过还是有同伴偷偷地跟我说，我们的目的地是阿里库里。我只知道那里有一个很大的回收中心，可这与我们又有什么关系呢？

我好想你呀，兵果！此刻的你有在想我吗？

天终于亮了，意味着我们整整走了一夜。我在想，为什么不让我们乘坐交通工具呢？鬼才知道。我有点累了，真的怀疑自己的体力够不够走到阿里库里。

不过，今天的阳光真不错，好想停下来好好晒晒日光浴。我想看守们肯定不会同意的，还是不要惹这些粗鲁的家伙吧，继续想我们一起开心的事。

这样清朗温暖的天气，真的好适合游泳。还记得我们一起去游泳吗？你知道的，我不会游泳，甚至有些害怕水。可你却正相反，见了水兴奋得不得了，还顽皮地把水泼到我的身上，害得我病了一个星期。你为此还难过了那么久，几次跟我道歉，看到你眼含热泪的样子，我哪里还会生你的气。

我真的没有生你的气，相反，我还要谢谢你，原来和水接触的感觉是这样的，凉凉的，真有趣！

前面是一片平原了，一些奇异的建筑矗立在那里。淡蓝色的路牌上指示着那里就是阿里库里。

我们的目的地就要到了，阿里库里我只听说过，到这里来还真是第一次。

眼前的这些奇异建筑让我想起了你的那次家庭生日晚会。你和你的同学们用积木搭建的房子就像阿里库里的建筑一样奇形怪状。那可是我最开心的一天，你的同学们也都带来了他们的朋友，我不仅认识了你的同学们，更认识了他们的朋友。你知道，我们可是一路人哦。我还记得他们的名字呢。他们叫，叫什么来着，看来我的记忆力真的完蛋了，不知道再次回到你身边时，你会不会嫌弃我这个很年轻就已经有些健忘的朋友。

阿里库里的入口既高大又宽敞，几个微型飞行器掠过我们的头顶，我们排着几列纵队进入大门。一些荷枪实弹的士兵在四周高高的围墙上巡逻，这样的场面，兵果，想必你见都没有见过。

终于看到了一个阿里库里城的人，他面无表情地站在第二道门的门口，像戴着一副面具。负责押运我们的看守和他进行了交接，我隐约听到了他们的对话。

“ZNJQR-A 型，最后 1038 个全部被带到了这里。”

“不对，飞行器统计数据只有 1037 个。”

“哦，忘了。其中有一个企图逃走，已经被处理掉，在数据备份中可以查到。”

“OK，辛苦了！”

……

第二道门打开了，一间好大的屋子，四周都是白色的灯光，我们全部站在这里，屋子还显得空空荡荡。

空气中传来噼里啪啦的声音，头顶上方一块巨大的屏幕出现了，一段视频开始播放。

视频播放完了。

兵果，我想，我应该不会再见到你了！

一个 ZNJQR-A 型机器人，违反了机器人铁律，他攻击了自己的小主人，因此，所有的 ZNJQR-A 型机器人要全部销毁。

是的，我也是 ZNJQR-A 型机器人。

我不想为我的同伴开脱，尽管是因为他的小主人遗弃了他，他太难过，但是也不应该做违反机器人铁律的事。

永别了！兵果，虽然我好想念你，但还是不得不这样说，我想你一定会再有一个更好的机器人朋友的，所以不要太难过。

知道吗，兵果，虽然我的记忆力差了许多，但是你给我起的名字我却一直牢记。

阿沙，我喜欢这个名字。真的很好听，你说你喜欢一个世纪前一支名叫 BEYOND 的乐队的歌曲，尤其是《岁月无声》里的一句歌词你特别喜欢：“沙不怕风吹，在某天定会凝聚……”

所以你给我起了这样一个名字……

此刻，我的“脑海”里全是我被带走时你难过到歇斯底里的样子，想必你是知道我接下来的命运的。

兵果，我的朋友，很高兴遇见你……

回收处理室的门已经打开了……

希望，希望我能化作一颗晶莹的沙粒！

《少年大世界》2020 年第 1—2 期合刊

精彩点评

这是一篇如散文诗般细腻、哀愁的科幻童话。我们跟随小机器人的脚步踏上了一次“回收”之旅。一路上，那些算不得美丽的景色时不时唤起它对小伙伴兵果的回忆——从初见，到山洞探险、游泳、生日晚会，以及“阿沙”这个名字的由来。这次旅途的终点也是小机器人生命的终点。因为设计上的缺陷，它和许多相同型号的机器人将在这里被集中销毁。在生命的最后一刻，恪守铁律的小机器人仍然执着地爱着人类。

人工智能是否能够具备人类的情感？1921年捷克作家卡雷尔·恰佩克在戏剧《罗素姆万能机器人》中第一次提出“robot（机器人）”一词。此后，阿西莫夫制定了旨在约束机器人行为的著名“法典”——机器人学三定律。百年间，科幻作品中充斥着各种各样的机器人形象，它们时而邪恶，时而善良。今天，随着科技的发展，我们更加理智地认识到人工智能时代带给我们的利与弊，科幻作品中机器人的形象也在不知不觉中发生着微妙的变化。

一如《再见，兵果》中的阿沙。它似乎化身为一个有血有肉的少年，在离别之际，将对小伙伴无限的眷恋娓娓道来。“兵果，我是真的不想离开你，你知道吗？”冰冷的机器人形象顷刻消失不见，眼前是两个少年之间真挚的友情。小机器人离别之际的不舍，令我们感受到人类般的温度。我猜兵果一定也有很多话要对小机器人讲吧！“阿沙，我也不想离开你。但是请你别惦记我。我会擦干眼泪，直到我变成一个出色的大人。你永远是我最好的朋友！”有多少童年的小伙伴与我们一路相伴，却在不经意间悄然离去。于是，我们这样慢慢长大。但是我们永远不会忘记他们曾经带给我们的爱与勇气，或许这就是成长的意义。

这是一篇以小机器人为主角的美丽童话。它关于成长，也关于离别。它关于我们每个人的童年。再见，兵果。再见，阿沙。再见，童年的你。

日本现当代科幻文学研究青年学者　赵晋

189号试验品

◎ 陆 杨

看到眼前容貌怪异的生物，正在公园里散步的罗晓冬感觉自己仿佛是看到了一个外星人。但这个生物绝非外星人——那种有着南瓜脑袋、灰色皮肤和鸡蛋般大眼睛的传统造型。

它椭圆形的身体上长着十多只眼睛，但都是单眼，并不是昆虫那种复眼。这些眼睛大小不一，形状有圆有方，古怪之极。这个怪物就像是画家毕加索画作里的人物从画里跳了出来，正冲着罗晓冬不停地张牙舞爪。

按照正常人的反应，罗晓冬此时应该掉转头，一溜烟地逃离公园。

然而，罗晓冬从那个不停舞动七八条胳膊或者腿的怪物身上看到的并不是要吃掉自己的恐吓行为，而更像是一种求救。

罗晓冬深吸一口气，让自己加速跳动的心脏稍微平稳了一些，然后颤颤巍巍地问道："你想……对我……说什么吗？"

"吱吱……嘶嘶……咕噜噜……"怪物如缝隙般的嘴里发出了

一连串嘶哑的声音，就像是相声演员在进行各种动物鸣叫的口技表演。

“我不明白你要说什么。”罗晓冬脸上流露出为难的表情，他又不是霍格沃茨魔法学校的年轻魔法师哈利·波特，能听懂蛇的语言。而在现实世界里，就算是阿猫阿狗发出最简单的“喵喵”和“汪汪”，也没有人能翻译成准确的人类语言。

就在这时，怪物突然停止了急促说话，而是挥动全身的手或脚，如蜈蚣般爬进了旁边的草丛中。

罗晓冬正在诧异时，两个穿着白色工作服的男人气喘吁吁地跑了过来。

其中一个身形高一点的男人有四十多岁，他抹了一把额头的汗珠，一边四下张望，一边紧张地问道：“嗨，小朋友，你看到一个长着很多条腿的生物没有……”

看着眼前这两个神情紧张的男人，罗晓冬的脑海里猛然浮现出了科幻电影中的场景，这两个人说不定是某个秘密实验室的工作人员，而自己刚才看到的生物极有可能是外星智慧生物。

我不能让他们抓住它。罗晓冬在心里说道。

“很多条腿的生物，那不就是蜈蚣吗？”罗晓冬努了努嘴，调皮地说道，“公园里到处都有蜈蚣，它们还能发出刺激性的气味，我最讨厌蜈蚣了……”

“不是蜈蚣，它的体型要大得多，它很危险，如果你见过它，一定要告诉我们！”另外一个男人有着深深的黑眼圈，说话时眼睛不停地眨动着。

“我没有见过什么体型很大的蜈蚣，野猫野狗倒是有不少……”

“这孩子可能真没看到，我们赶紧去那边再找找！”高个子男人焦急地说完，就同另外一个男人一起向着公园东面跑去。

等到两人跑得没影后，罗晓冬走到草丛边，轻声叫道：“他们都走了，你可以出来了。”

几秒钟后，罗晓冬眼前半人多高的荒草轻轻晃动了几下，那个生物从草丛里谨慎地爬了出来，它身上的眼睛正滴溜溜乱转，看起来既滑稽又恐怖。

罗晓冬猜测：怪物正在四下观察，以确保自己真的安全。

“我没骗你，他们真的走了。”

看着眼前的怪物，在沉思了一阵后，罗晓冬说道：“你现在要是跑到街上去，一定会引起骚乱。你最好先躲在公园里，我马上去超市给你买吃的……蛋糕和火腿肠，你能吃吗？”

怪物椭圆形身体上的一个小圆球使劲儿点了几下。

“你真的能听懂我说的话？”罗晓冬兴奋地问道。

怪物又点了点头。它转过身，用手或脚从草丛中捡起一根枯树枝，然后在罗晓冬身旁的沙地上歪歪扭扭地写出了一段话：

我是从实验室跑出来的，他们都叫我189号。周博士创造了我，但他对实验员王一钢和张亚男说，我并不完美，所以要将我销毁，重新创造新的试验品。

怪物写完这段话后，将身体长着眼睛的那一面全都朝向罗晓冬，十多只奇形怪状的眼睛一眨不眨地盯着罗晓冬。

“什么？”罗晓冬震惊地说道，“你能听懂我们人类的话，也能写出这些语句，科学家为什么还要杀掉你？”

因为我不完美。

怪物在沙地上写下这句话后，十多只眼睛都流出了泪水。

“别哭，别哭，我觉得你很完美……”罗晓冬想了想后，对怪物说道，“你别难过，我会同你一起想办法，让他们抓不到你。”

听到罗晓冬的话，怪物的所有眼睛都瞪大了。

它用七八条胳膊或腿紧紧抱着罗晓冬，就像是四五只树懒同时抱着一棵小树。

“好啦，好啦，我知道你很害怕，我会保护你的。现在，你先藏进草丛中，我去超市给你买吃的。”

怪物躲进草丛后，罗晓冬一路小跑来到公园附近的超市，在买了几袋蛋糕和火腿肠后，又返回了公园的荒草丛边。

看着怪物美滋滋地吃着蛋糕和火腿肠，罗晓冬的心里暖暖的。

虽然眼前的怪物长得很丑陋，但他能感觉出它很善良。

“你有没有什么特异功能呀？”等到怪物吃完后，罗晓冬好奇地问道。

我的意识能进入人类和其他动物的大脑，并且住在里面。

怪物写道。

“太神奇了……”罗晓冬惊喜地叫道，但他很快平静下来，胆怯地问道，“你的意思是……你像寄生虫一样，可以寄生在人和动物的脑袋里？”

问这句话时，所有关于寄生虫的科普文字、信息图片全都浮现在了罗晓冬的大脑里，这令他全身瑟瑟发抖，毕竟自己面前站着一个超大号的“寄生虫”。

怪物将之前写过的字擦去，重新写道：

理论上可以这样说，我还能控制宿主，让他按照我的意识行动，就像是铁线虫控制螳螂那样。

“你要怎样才能寄生到人类的大脑中？”此刻，罗晓冬心里特别紧张，他很担心自己刚才之所以帮助这个丑陋的怪物，完全是因为被怪物给控制了，所以，他才没有害怕到落荒而逃。

我什么时候都能控制人类的意识。

“那你为什么不控制刚才追你的两个人？”罗晓冬试探性地问道。

你是说实验员王一钢和张亚男吧。我虽然能控制人类的意识，但我却不会这样做，因为我知道这样做是错误的。

侵入别人的意识很不对，只有病毒才会那么做，我不是病毒。

怪物写道。

眼下，罗晓冬发现怪物可能在生气。它全身的眼睛都在快速眨动，身体也在剧烈抖动。

“一个拥有操控人类意识能力的怪物，却不使用自己的超能力来控制人类。这真是一个好怪物。”罗晓冬暗自赞叹道。

我能同你做朋友吗？

怪物写道。

“当然。”罗晓冬说道。

我能叫你冬冬吗？

怪物写道。

“那我就叫你圆圆，你的身体是椭圆的，头是圆圆的。”罗晓冬说道。

听到罗晓冬的话，怪物嘴里发出了一阵类似笑的“呵呵”声。

接下来的十多天里，罗晓冬放学后都会到公园里同怪物玩耍，并给它带去各种各样的美食。罗晓冬还会同怪物圆圆在沙地上用树枝聊天。

在一个星期二的下午，罗晓冬放学后来到公园的荒草丛时，远远看到十多个全副武装的安保人员正将一个金属笼子推进一辆卡车的车厢。笼子里关着的正是怪物圆圆。

罗晓冬慌忙跑了过去，试图阻止他们的行为。

“小孩子，你要干什么，别妨碍我们抓怪物。”

“它不是怪物，它叫圆圆，是我的朋友。”

“怪物是你的朋友？”一个安保人员不屑地说道，“它只是从实验室跑出来的试验品，怎么就成你的朋友了！”

“圆圆，快用你的特异功能逃跑啊！”罗晓冬想要从安保人员手中挣脱出来，但他却被两人牢牢地抓着胳膊。

金属笼子里的怪物圆圆使劲儿晃动着头，所有的眼睛都冲着罗晓冬眨了眨。

“特异功能？”抓住罗晓冬胳膊的安保人员说道，“小孩，你别闹腾了……这个怪物除了又丑又笨，根本没有什么特异功能，所以实验室才会决定将它销毁。”

“它会写字，还会……”

罗晓冬的话还没说完，另外一个安保人员就大声说道：“大象还会画画呢，不照样在马戏团里表演！”

“你们为什么这么冷漠，哪怕它只是一条小狗，你们也不应该随便杀死它！”罗晓冬大声喊叫道。

“它不是小狗，它是实验室的残次品，它的生命、基因、细胞组织和每一根毛发都属于实验室。实验室有权处置它。”安保人员恼怒地说道。

“跟一个小孩较什么劲儿，赶紧走人。要是回去晚了，周博士发起脾气来，你们都得被辞退。”卡车司机说完，重重地关上了车厢门。

片刻后，他爬上了驾驶室，发动了车子。

卡车正要离开时，卡车司机突然从车窗里伸出头来，满脸笑容地冲着罗晓冬大声说道：“冬冬，圆圆想要我告诉你，它很开心……”

卡车司机说完，笑容瞬间消失了，取而代之的是满脸困惑的表情。

他身旁的同事嘲笑道：“什么冬冬、圆圆的，赶快走吧。”

“我说了什么吗？”卡车司机困惑地自言自语着。

卡车离开后，罗晓冬瘫坐在了草丛边。

突然，他看到了圆圆在沙地上歪歪扭扭写着的一句话：

圆圆和冬冬永远都是好朋友。

一瞬间，罗晓冬哇哇大哭起来。

“呜呜呜……圆圆才不是怪物，你们这些伤害善良生物的人类才是大怪物……”

《童话王国·文学大师班》2020 年第 7—8 期合刊

精彩点评

这篇少儿科幻小说写了少年罗晓冬与“怪物”的故事。怪物外形古怪，有十多只眼睛、七八条胳膊或腿，说话如动物鸣叫，行走如蜈蚣爬行。可面对它的求助，少年罗晓冬挺身而出，机智地保护它，买来吃的，和它一起聊天，分享秘密，最终他们成为好朋友。孩子的心灵是辽阔的，又因为与人造智慧生命相遇而变得更加辽阔。少年身上善良天真的本色，其中混合着的敢于冒险和勇于接纳的劲头儿，让人印象深刻。

怪物是作者笔下重点描写的对象。怪物是一个人造智慧生命，因为不完美将被销毁。它具有超能力，其意识可以进入人类或其他动物的大脑，住在里面，可以控制宿主，使其按自己的意识行动。与众多描写人类大战AI的流行主题的科幻小说不同，本小说中的人造智慧生命虽然拥有操控人类意识的能力，却十分友善，除了被抓时为了和朋友告别使用过一次超能力之外，绝不用自己的超能力对抗人类。因为它知道这样做是错的，只有病毒才这样做。

小说的科学设定虽不复杂，但很巧妙，引发了小说“是怪物还是朋友”的故事冲突。在罗晓冬心目中，怪物是值得信任和交往的朋友，而在周围人冷漠的眼中，怪物就是怪物，是危险的，是试验品，是不完美的，人类有权力销毁。这样的反差和对比，推动“谁是真正的怪物”的阅读思考。

小说标题意蕴丰富，耐人咀嚼。读完小说，我们不妨追问：实验什么？是实验高科技，还是我们对高科技的态度？是实验冷冰冰的技术操作，还是尊重所有生命、坚守伦理底线，哪怕其不完美？这是面对未来我们必须回答的问题，也是必须从儿童时期、从现在就做好思考的问题。

江苏省中学语文特级教师、科幻阅读推广人　曹勇军

隐 身 衣

◎ 徐彦利

1

菲利普老先生临终之际已说不出一个字，但头脑却保持着最后的清醒，这或许要归功于几十年来孜孜不倦的科学研究，使他的思维总处于高速运转的状态吧！他挣扎着交给家人一份早已拟好的遗嘱。这份遗嘱里，详细罗列着他的个人财产说明和具体分配方案，这是一位科学家能够给予家人的最后一份关爱。

在给孙子小甘的遗产中，除了存款、住宅和其他各种遗物外，还多了一行小小的备注和一把形状古怪的钥匙，备注上写着：“留给小甘的特殊礼物，请到乡间别墅去取，希望对你的人生有益。”

特殊礼物？是什么呢？这让多日来无比伤心的小甘有些纳闷。他是爷爷最疼爱的孙子，虽然在学校成绩落后，又因为身材矮小有时被人欺负，但只要到了爷爷这里，总能得到无比的疼爱。爷爷是他的偶像，小甘希望长大后也能成为像爷爷这样的科学家，从事那些神秘莫测但又无比高深的科学研究，让爷爷引以为荣。

小甘怀着好奇的心情来到多年弃置不用的乡间别墅。当年爷爷的身体还算结实，小甘也还是个无忧无虑的孩子，几乎每个休息日都会来这里小住。别墅四周种满了苹果树，是家族的孩子们捉迷藏的最佳地点。秋天园子里，果实累累，可以用来酿造醇香的苹果酒或者烤苹果馅饼，爷爷还会亲自榨新鲜的苹果汁冰冻后给小甘喝……但现在小甘已经是中学生了，那种没心没肺日夜玩耍的日子一去不复返了。别墅这里除了留下一个看门人外差不多已成了荒宅。爷爷为什么要把礼物放在这儿呢？让人有点想不通。

“您好，我来取爷爷留给我的东西。”小甘向佝偻着腰的干瘦的看门人打着招呼。看门人看上去和这个别墅一样老，同样有一种被弃置的感觉。

“是的，菲利普先生把它放在二楼你的房间里。我有好几年没见过你了，想不到你现在长这么高了，差点认不出来……”看门人似乎受够了寂寞，好不容易看到了小甘，变得喋喋不休起来，一直不停地说着一些无关紧要的话。小甘没有过多回答，散落在记忆深处的童年时光已逐渐褪色，变得遥远而模糊，他甚至怀疑自己是否真的在这儿住过，曾经的过去显得那么不真实，那么不可把握。

小时候的房间依然保持着原来的样子，因为有人打扫并不显得脏乱，但是却掩饰不住陈旧的气息。“少爷，菲利普先生去世前特意让人送来一件东西放在柜子里，好像很重要，还上了锁，说只有你来了才能打开。”

“唔，我知道了，您去忙吧！”小甘支走了啰唆的看门人。长久的寂寞使这个弯腰驼背的老人很想找点新鲜事情刺激一下麻木的神经，但是小甘却要他离开，于是他颇不甘心地慢吞吞地走下楼去，再三回头，小甘一直耐心地等到他彻底离开才打开柜子。

柜子的最上面放着一个显眼的古色古香的棕色旧式木箱，木箱顶部有繁复的镂空雕饰，貌似是爷爷用过的古董，箱子正前方挂着一把复古的旧式大锁，死死捍卫着里面的秘密。爷爷在这里放了什么？小甘的好奇心越来越强烈，打开之后不会有什么活物突然窜出来吧？

他用了很大力气才打开了那把难开的大锁，最先映入眼帘的是放在最上面的一张银色的花笺，是爷爷熟悉的笔体。小甘取过花笺看了起来：

“亲爱的小甘，还记得你小时候在苹果树林里捉迷藏时对我说过的话吗？你说特别希望能有一件隐身衣，穿着它捉迷藏的话就不会被发现了。事隔多年，我终于实现了你的梦想，只是不知道现在的你是否还愿意穿上它在苹果树林里奔跑。

“世界上从没有什么神奇的‘隐身术’，但是人类却可以根据色彩学、光学、热能原理达到对视力的‘暂时性阻断’，使眼球暂停扫描某种颜色，即让人在某段时间内失去辨别某种颜色的能力，也可以叫‘假性闪盲’，从而实现‘隐身’。这说起来有点复杂，但大体上有点像你无法在黑夜中看到黑，无法在水中看到水一样。

“因为研究的时间尚短，且没有经过长期测试，所以我不敢肯定它的实际效果到底如何，有可能是一个存在着缺陷的发明。但是亲爱的孩子，如果它能让你回忆起在苹果树林里奔跑时的笑声，对我来说就足够了。祝你永远快乐！爱你的爷爷。××年×月×日。”

小甘的心激动地跳了几下，全身的肌肉都绷紧了。他马上想到这是一份多么昂贵的遗产，它意味着他几乎可以在大庭广众下做任何他想要做的事，而不被人发觉。比如上课时偷偷溜出教室，当着大家的面搞个恶作剧之类的。但究竟效果如何，需现在就试一试！他充满好奇，小心地摸着箱子里的隐身衣，如同触摸一个刚刚降生的婴儿。

小甘费了好大劲儿才笨手笨脚地穿上了隐身衣。衣服异常柔软、轻薄，包住头部的帽子和上身、下身浑然天成地连在一起，看不出隐身衣有剪裁的痕迹，眼部是两小块可以看到外面的软性玻璃。衣服的颜色类似于银色，不，说银色并不确切，它看上去更像水，水一样的颜色，水一样的触感，软软的，放在地上似乎会流动。穿上之后，随着体温传到衣服上，慢慢地，神奇的事情发生了！小甘竟慢慢看不到衣服的颜色了，举起胳膊看不到胳膊，抬抬腿也看不到腿，走到镜子前，竟然看不到自己身体的任何一个部位，空若无物，这种感觉既奇妙又让人恐惧。

小甘走下楼来，试探性地走过看门人的小屋，对方正在百无聊赖地向楼上张望，等待着小甘下来，对他的经过却浑然不觉。天哪，真的是可以隐身的隐身衣，这也太奇妙了吧！小甘的心像被风吹满的帆，舞动飞扬，充满生机。他忽然感觉自己有了全新的面对这个世界的方式，不再唯唯诺诺别别扭扭，而是畅意随性游刃有余。

2

第二天，小甘悄悄把隐身衣装进书包带到了学校，他要在众目睽睽下再次验证这件衣服的魔力。一种好奇夹杂着令人快乐的冲动充溢在他的心中，小甘有些迫不及待了。好不容易等到午休，他到洗手间换上衣服，然后轻手轻脚回到教室的座位上，轻得像一缕吹不起尘埃的风。没有人察觉他走进来，前座的乌拉尔和埃迪眼睁睁看着却什么也没看见，正在小心嘀咕着什么。

“哎，埃迪，过两周就要期末考试了，这次真想考个及格，每次不及格都要被妈妈痛骂一顿。”乌拉尔的声音十分沮丧，他的妈妈是这所学校的老师，儿子成绩差是她心里最大的痛，也正是这种痛激发出的强大能量使她教训儿子时从不心软。

“要是我们能提前把试卷偷出来就好了，就是不知道试卷会放在哪儿，老师们的办公室吗？”埃迪叹了口气，表现出无可奈何的样子。学习不是他的强项，但偷试卷这种事恐怕难度太大了，不是他们两个能够胜任的。

“你真笨！试卷从来不会放在老师办公室，都是提前几周放到三楼的试卷库里，你连这都不知道，试卷库的门必须输密码才能进，可惜我妈妈肯定不会告诉我。”乌拉尔烦躁地抓了抓头皮，“别说告诉我密码，如果妈妈知道我有这种想法肯定会大发雷霆，狂吼一气，像一头炸起毛的狮子。”

小甘明白了，原来期末考试的试卷就放在三楼。“不单是乌拉尔和埃迪有这想法，我也经常名落孙山，如果这次期末考试成绩名列前茅该有多好啊！虽然爷爷是知名科学家，但我的成绩却总是让他老人家蒙羞。如果我能把试卷偷出来，提前看下题目一定能考第一名，扭转一下自己在同学们心目中的笨蛋形象。对啊，我有隐身衣作掩护，还怕什么！说做就做！”他不由自主地激动起来，摩拳擦掌跃跃欲试。这次是扭转形象的关键时刻，成绩考好的话会成为他人生新的起点，从此以后一定脚踏实地努力学习，把爷爷作为人生的榜样。先借助隐身衣实现眼前这个小目标，之后再凭借它的力量行侠仗义，扶危济困，像传说中的英雄那样，干一番轰轰烈烈的事业，也许名字还能载入史册呢！

3

小甘紧张地来到三楼的试卷库，虽然知道隐身衣的效果，但心还是怦怦乱跳。第一次明目张胆地做这种事，无论如何也无法保持平静的心情。他强迫自己冷静下来。“只这一次，只做这一次坏事，以后保证不再将隐身衣用在这类事情上，这次事出有因，为了要给爷爷争气嘛，是可以原谅的。”他在内心深处暗暗给自己打气，不断自我质疑又自我原谅着。

一位胖胖的女老师一步一喘地抱着试卷走了过来，她实在太胖了，每走一步都累得够呛，好不容易才挪到试卷库门口，喘了半天开始按门上的密码。小甘屏气凝神，暗暗记下她按的每一个数字。此时此刻他的大脑极为灵光，平时总是记不住那些漫天飞舞的数学公式和语法结构，现在却思路清晰如有神助，情急之中九个数字已深深印在他的脑海里。胖老师推门而入，在里面磨蹭了好一会儿才晃晃悠悠走出来，似乎还有点不放心，又四处张望了一会儿，发现没什么异常，这才一步一喘地离开了。

好险！小甘差点窒息了，几乎忘记了隐身衣的庇护，一直担心被发现，躲在墙角后大气都不敢出，看来人要做坏事也并不容易。直到胖老师走远他才意识到隐身衣其实一直起着作用，否则他早被看见了，永远不要怀疑老师们的观察力。小甘长出了一口气，稳了稳心神，看看左右无人，开始抖着手输密码。“上帝保佑，现在千万别来人，不然的话按密码的声音会暴露我的。”他颤抖得无法自控，发誓下不为例，此生此世都不会再干这种事了。门嘀的一声打开了，小甘像条泥鳅一样闪身溜了进去。

现在整个试卷库只有他一个人了，小甘焦急地寻找着自己班的期末试卷。偏偏这试卷放得很难找，先要找到每个年级的试卷柜，然后从柜子里找各班所放的层，再是每个科目，所有这些细致的分门别类的摆放都让小甘觉得无比烦琐，他有点手忙脚乱，不知道该先打开哪个看。犹豫间不小心把桌子上几摞试卷碰到了地上，哗啦一声，撒了一地，大事不好。他急切地想拾起那些试卷放回桌子上，按原样整理好，谁知胳膊又碰到了柜门，引发了一连串乒乒乓乓的声音，这声音吓得他灵魂都快出窍了。

“谁在试卷库？”一个严厉的声音在门外响起，听上去似乎是教导主任洪亮的嗓音，接着小甘听到了清晰的输密码的声音。他慌了神，吓出了一身冷汗，感觉马上就要休克了。想找个地方藏起来，却怎么也挪不动自己的脚，它现在已经完全不听自己指挥了。教导主任的严厉人所共知，没有谁不畏惧他那敏锐的鹰一般的眼睛，在这所学校，他的名字每天都会被不同的人提起，作为震慑调皮学生的有效武器。

门开了，严厉的教导主任走了进来。他狐疑地四处打量，明明在外面听到了稀里哗啦的声音，进来后却空无一人，显得十分蹊跷。他环顾四周，慢慢踱着步子，一眼看到地上散落的试卷。

“怎么回事？哪位老师做事这么马虎，把试卷搞得一团糟。”他皱着眉看了看，俯身去捡，一路捡到小甘的身边。

情急之中小甘向后退了几步，走动的声音和衣服窸窸窣窣的声音引起了教导主任的注意。教导主任停了下来，仔细地四处查看，依然空无一人，但怎么感觉有人就在对面呢？这种感觉如此强烈，仔细听了听，连那粗重的呼吸声都能听得见，就是看不见人。他向前走了一步，又走了一步，不知不觉中已把小甘逼到了墙角，再往前几步两人就会毫无悬念地撞在一起。

被逼到墙角的小甘已无退路，前面是步步紧逼的教导主任，身后是厚厚的墙，左边是开着的窗户，右边是一排高大的储物柜。小甘向窗外看了看，下面是一棵粗壮的白杨，如果瞄准好了跳到那棵树上就可以溜之大吉了。能准确跳过去吗？它看上去倒是很近，仿佛就在脚下，伸出的枝干如同张开的大手。但如果跳不准呢？他仿佛看到自己摔到楼下的样子，像一堆摊在地上的零件，东一块西一块，七零八落。

就在这千钧一发之际，一个尖厉的女人的声音传进来：“主任，您在里面吗？有位家长一定要见您，请您来下办公室好吗？”门开了，一位头发乱蓬蓬的女老师从门口探进头来，声音刺得人耳膜发疼。原来是那位每天都在校园练习美声唱法的音乐老师，她最大的本领就是那独一无二、令人抓狂的花腔女高音，几乎可以作为一种逼供的刑具来使用。

“好的！我就来。”教导主任的脸眼看就要贴过来的前一秒，咔的一下停在了半路上，他慢慢回过身去，大声回应着音乐老师。他想，这几天因为上级检查的事太过焦虑，上火失眠，动不动疑神疑鬼，这种状态实在太可怕了。教导主任长长出了口气，努力使自己平静下来，和那位女老师走了。他走时依然有些不放心，特意将门设置为管理人模式，无论从门里还是门外，只有他亲自按指纹才能开启。

随着门咣当一声关上，小甘从靠着的墙上慢慢滑下来，瘫软在地，像一堆烂泥。对一个没见过什么世面的孩子而言，刚才的情形足以称得上惊心动魄，无论什么恐怖片、谍战片都没有让他如此紧张过，完全是在“鬼门关”走了一遭。

“我不要试卷了，我要回家。”过了好久小甘才勉强站起来，脱下隐身衣揉成一团塞在储物柜后面，这东西差点要了他的命，他现在只想离它远一些，继续穿着不知还会闹出什么乱子。小甘拖着沉重的脚步挪到门口，准备开门走出去。但试了两次却发现门怎么也打不开，不仅如此，屏幕上已提示再发生触碰将会报警。

“真是祸不单行，试卷没到手，隐身衣不要了，难道这些还不够？还要继续惩罚我吗？该怎么办？”他终于明白了什么是叫天天不应，叫地地不灵。这里平常少有人来，空调被关了，除了柜子、试卷外没有任何东西。窗外的冷风不断吹进来，他哆哆嗦嗦地走过去把窗户一一关好，蜷缩在离窗子最远的角落里。这时一个更加严峻的问题来了——他饿了。中午由于激动没有好好吃饭，刚才精神高度紧张消耗了体力，现在，肠胃已提出强烈的抗议，咕噜咕噜的声音一浪高过一浪，席卷而来，来势凶猛，几乎要把他的胃捏碎。

“太饿了，如果有点吃的该多好，哪怕是速食面也可以，虽然我平时从来不吃那东西，现在想来其实挺美味的。唉！我为什么要来这里，做这种可笑的事？偷了试卷又怎样？考出好成绩也不是真实水平。爷爷知道会生气的，他大概会骂我吧！我真是让他老人家蒙羞了。小甘啊小甘，你难道真的这么差？真的不能通过自己的努力得到好成绩？”小甘的心里五味杂陈，不是滋味。他多想时光倒流，回到中午，那时一切还未发生，隐身衣还没穿到身上，虽然成绩平平，但却可以心胸坦荡地生活在阳光下面。

寒冷与饥饿像两条蛇，左右夹击紧紧缠住了小甘。他又把丢弃的隐身衣拽过来盖在身上，试图暖和一点，没想到却更冷了，隐身衣不仅不能保暖，似乎还在吸收他身体的热量。小甘不得不站起来，在房间里走来走去，希望运动能使身体暖和起来。“什么时候才有人来啊，上帝，请再给我一次机会吧！我决不再犯错了。”他在内心中绝望地乞求着。

放学了，学生们叽叽喳喳一窝蜂地回家了，老师们也各自下班，连楼道里的灯都被值班员一一熄灭。谁也不知道，三楼一个黑暗的房间里，孤独的男孩小甘为了对抗寒冷还在疾步快走。“噢，亲爱的爷爷，如果你给我的不是隐身衣而是一件棉衣该有多好。爸爸妈妈，你们会来找我吗？可你们又怎么能知道我在哪儿呢？”他终于发现，往日那些平淡的生活原来如此可贵，现在多么渴望回去但却遥不可及。

爷爷决定送孙子这份礼物的时候，恐怕怎么也想不到这充满爱意的礼物不仅没给孙子带来快乐，反而让他陷入如此尴尬的境地。也许人生中的许多事莫不如此，设计者的初衷与现实结果常常背道而驰，有些创造发明会突然背离原来美好的愿望，像脱缰的野马一样闯入禁区，无法掌控。相信小甘长大后一定会记得这个夜晚，它那么寒冷，那么漫长，每一分每一秒都将深深刻在他的心上。

《科幻世界》（少年版）2020 年第 5 期

精彩点评

长久以来，人类一直梦想拥有一种来无影去无踪、在众目睽睽之下隐身的超能力。随着科技在物理学，尤其是光学领域的发展，人类似乎逐渐看到了隐身从幻想变为现实的曙光。1897 年，英国作家赫伯特·乔治·威尔斯在长篇小说《隐形人》中塑造出一个因获得隐身能力而迷失自我，最终走向毁灭的科学家形象。在此后的一百多年中，隐身成为科幻作品中常常出现的座上宾。

在《隐身衣》中，不起眼的少年小甘得到了爷爷的遗物——一件隐身衣。他突发奇想，要利用这件隐身衣去偷期末考试的试卷。

然而事与愿违，在故事的结尾，少年被困在试卷库中无法脱身。我们无从得知小甘最后如何从试卷库中出来，后来有没有利用隐身衣的力量去完成他那些雄心勃勃的设想。我们只能在想象中细细品味这戛然而止的余韵。从刚得到隐身衣的欢快，到偷试卷时的紧张，以及被关在试卷库里的悔恨，作者以女性作家特有的笔触，将一个少年的心理刻画得淋漓尽致，令小读者如身临其境。

与此同时，作者试图以科学与科幻的双重视角解释隐身衣存在的可能性。在隐身衣的背后隐藏着人类对未来科技力量的渴望。然而小甘的困境，似乎也在告诫我们，不受道德和法律约束的科技发展，带来的只能是悲剧。作品在舍弃儿童文学中常见的圆满结局的同时，收获了一定程度的深刻性，即任何由科技进步导致的灾祸，其根源大部分都是人类对科技的滥用，而非科技本身。如何引导小读者正确地认识这一问题，一个鲜活的反面教材比喋喋不休的说教更具说服力。

日本现当代科幻文学研究青年学者　赵晋

奔　月

◎ 杨晚晴

当人类中的每一员在夜空中望向月球，
都会明白在世界之外的某一个角落，
永远属于人类。

——题记

如果不是真的发生了，我永远也不会相信自己会和安晓秋这样的人成为朋友。

第一次见到安晓秋，我还以为他只是“深空”博物馆里一名普通的游客。那是一个秋日的午后，游客们在曲折的回廊里耷拉着眼皮观看一个又一个展品，直到耐心消耗殆尽，眼前才豁然开朗：在弧形玻璃穹顶下，“露娜”飞船泛着金黄色的光芒，像一枚硕大的黄铜弹壳。所有人的精神都为之一振。他们围在镇馆之宝四周，手指在空中指指戳戳，在“增强视野”中调阅这架飞船的文字和影音资料，与虚拟导览员一起追忆它的荣耀，喟叹它的没落。我看到，偌大的展厅中只有一个人是沉默不语的。那个人高高的个子，骨架宽大，在人群之外，他眯着眼睛观察“露娜”，双手塞进黑色皮夹克的侧兜，很长时间一动不动，有如雕像。

人群散去后，他找到了我。

“你是这里的负责人？”他问我。

我点了点头。

他向我伸出手：“你好。我叫安晓秋。”

“我叫林家和，请问——”

没等我说完，他便把手从我的手中抽出，指向“露娜”飞船：“林家和，我想买那个。”

我扭过头，使劲儿眨了几下眼睛：“那个？”

他郑重其事地点了点头：“对，就是那个，‘露娜’。”

我很不得体地发出“扑哧”一声：“这我可做不了主，你得找我老板。”

他盯了我一会儿问：“你老板在哪儿？”

安晓秋很幸运，我的老板，著名商人、空中飞人和收藏家杨静夫，今天恰巧就在楼上他的办公室里。说实话，在“深空”博物馆做馆长这么多年，我见过形形色色的人，也听过千奇百怪的要求，但张口就要买镇馆之宝的，安晓秋是头一个。后来我总是在想，为什么我当时没有把他打发了事，而是鬼使神差地把他引荐给杨先生——也许是因为我早就被他先前的沉默、他对“露娜”的凝望、他向我提出要求时眼中的那一团火说服了。

所以我也幸运地成了伟大传奇中的一个关键角色。

大概杨先生也很好奇这个不速之客到底是何方神圣，我在“增强视野”里提交的会见请求很快就被批准了。我带着安晓秋上楼，看他消失在电动滑门之后，在走廊里来回踱了几十步，然后回到展厅。他们谈了很久，再次看到安晓秋之前，展厅里来了好几拨游客，我想一个玩笑是不可能支撑起这么长时间的谈话的，于是心里竟然隐隐地生出一丝期待。

博物馆即将关门的时候，安晓秋下来了。他径直走到我面前，在他开口之前，我没法从他的脸上读出任何信息。

“怎么样？”我终于忍不住问道。

他笑了笑：“成了。”

“杨先生他……把‘露娜’卖给你了？！”

“不是‘卖’，”他挤了挤眼睛，“是‘给’。”

故事讲到这里，我想我有必要解释一下，为什么当我得知杨静夫先生将“露娜”飞船无偿赠予安晓秋时，自己会仪态尽失，险些跌坐在地。

“深空”博物馆里陈列的“露娜”飞船是月联公司开发的三架民用登月飞船中仅存的一架，公司破产清算时被杨先生以高价买下。杨先生为它重修了刚刚落成的私人博物馆，随后将它变成了一件惊世骇俗的馆藏。

这件事在二十年前颇为轰动，媒体将其形容为“大登月时代”的正式落幕。有人指责杨静夫趁火打劫，但更多的人（包括我）却认为，如果不是杨先生出手，“露娜”难免会遭遇被拆解零卖，或者在垃圾场沦为生锈废铁的命运。杨先生是太空探索的坚定支持者，他时常对我说，人类的雄心和牺牲不应该就这么被遗忘，他所能做的，就是以收藏的方式，将大登月时代的记忆凝固在历史之中。

我想，“露娜”不仅对“深空”博物馆至关重要，对杨先生来说，它也是精神图腾。安晓秋到底有什么魔力，能让杨先生在两个小时的谈话后就把这个图腾心甘情愿地交给了他？

“不，不是什么魔力。”安晓秋摇了摇头。此时我们正在城郊的一家烧烤摊上，寒凉的夜风卷着白色的烟气，在空中翻滚，将远处笼罩在城市天际线上方薄荷绿色的光幕涂抹得缥缈迷离。天上的一轮新月正氤氲着淡黄色的光晕，像缺掉了一角的柠檬。是安晓秋邀请我参加这一场小型“庆功宴”，他说他和我有一种一见如故的感觉。

“那你肯定是给杨先生下药了。”我咧着被酒精麻痹的嘴角说道。

安晓秋继续摇头：“林家和，你——今年多大？”

“35。”

“35，”他盯着我，“咱俩同岁。”

我有些莫名其妙：“这和魔法或者下药有什么关系？”

“你为什么要在‘深空’博物馆工作？”他问道。

我想了一下：“因为馆里有‘露娜’啊，可惜它现在已经——”

“‘露娜’，”安晓秋打断了我，“或者准确地说，‘露娜三号’，它所代表的大登月时代是我们少年时最浪漫、最壮丽的理想，对不对？”

我怔了一下，鼻子忽然有些发酸。三十年前，业已成熟的冷核聚变技术被应用到航天事业中。之后大量装备了核聚变发动机的航天器飞向远在约38万千米外的月球，在那里建立基地，从月球的土壤中提取氦-3，再将其运送回地球，进行氘-氦-3核聚变发电。这种高效的能源生产方式在一夕间便解决了困扰人类许久的能源难题，同时也打破了登月旅行的成本和效益瓶颈，民间资本纷纷涌入这一领域。我的童年到少年，正是登月探索如火如荼的时候，那时隔三岔五就会有某家公司开发的新型飞船登月成功、某位富翁在月海里打高尔夫球的新闻，而我们这群学生在学校里讨论最多的，是在登月模拟游戏里如何选择发射窗口与完成变轨操作，是地球轨道会合与月球轨道会合孰优孰劣……那段时期被恰如其分地称为大登月时代，而它的高潮，是月联公司推出“露娜”飞船：凭借其标准模块化设计，“露娜”将登月旅行的成本大幅降低至普通人可以承受的范围。我敢说，学校里的每一个孩子都为“露娜”疯狂了，在我们看来，登月不再是一个遥远的梦想，而是一个触手可及的未来——直到悲剧接二连三地发生，大登月时代因此戛然而止，地月旅行重新变为由国家主导的能源输送行为。

我摆了摆手：“别提了。”

安晓秋举起空酒杯，眼神发直：“如果害怕从世界边缘掉下去，哥伦布就不会发现美洲大陆；如果总在过去的失败里顾影自怜，人类就永远不会走向更加辽阔的星海。”

“你这话是什么——”我突然打了一个激灵，“等等！你不会是——”

他冲我狡黠地笑了笑：“林家和，你碰上了一个好东家——杨先生可是个有情怀的人哪。”

某初创公司CEO（首席执行官）安晓秋宣布，他将于中国的元宵节当天，乘坐“露娜三号”飞船登月。这一消息在全球新闻媒体中掀起轩然大波。有声音赞扬他是后登月时代的第一个理想主义者，也有声音说他在为自己的公司制造噱头。关于他的动机，关于他选择的登月方式和日期，人们有许多猜测，但有一点是确凿无疑的：安晓秋确实从杨静夫手中得到了“露娜三号”，并且正在把它运出“深空”博物馆。拆卸和搬运飞船那几天，我在浑浑噩噩的忙乱中度过，待到一切都告一段落，我才在“增强视野”中点开了国内媒体对安晓秋的采访。

记者：安先生，您能告诉我，为什么想要乘坐“露娜”登月吗？

安晓秋（身后是数百个工程机器人围着金色飞船有条不紊地忙碌）：因为我没有通过宇航员选拔，没法搭乘“嫦娥”登月呀。

记者：那，您有什么非要登月不可的理由吗？我们知道，自从“露娜一号”和“露娜二号”的事故之后——

安晓秋：对，那之后民间登月的热情就被浇灭了。重新点燃人们探索宇宙的热情，这正是我登月的原因。

记者：您似乎没有说出事情的全部。我们这里有一则未经证实的消息，您的父母——

安晓秋（忽然转身）：抱歉，我现在很忙，没时间听未经证实的消息。

（安晓秋大步走开，将镜头远远甩在身后）

我从全息视频中退出，揉了揉太阳穴，叹了口气。以我对安晓秋的了解，他确实不太擅长和媒体打交道，但这一次，在镜头面前，他实在是有一些失态……与此同时，我心底的疑问被再一次翻搅起来：如果仅凭一股一往无前的热情就能打动杨静夫的话，那这二十年来打动他的何止一打人？“露娜”怕是早就送出去了。还有，记者为什么会提到安晓秋的父母？这几天我曾找机会旁敲侧击地问过杨先生，但他只给了我一个神秘的微笑：“你要是真的想知道的话，去问问安晓秋本人不是更好吗？”

所以在飞船拆卸工作临近尾声的一个晚上，我约了安晓秋出去吃饭。那天安晓秋的酒喝得很慢，完全没有我们第一次吃饭时那种大开大合的气势，看得出来，他承受了很大的压力，我开始犹豫该不该在这个时候向他发问了。

“离元宵节还有不到三个月了。”酒喝到一半，安晓秋说。

我点了点头。

他拿起酒杯，抿了一口：“家和，你知道吗，这真的不是靠着一点理想主义就能完成的事业。”

“那当然，”我僵硬地笑了笑，“三个月以后你将要乘坐世界上最危险的飞行器去往月球，理想主义肯定是不够的，你还得有不怕牺牲的精神。”

安晓秋被我拙劣的玩笑逗乐了，他笑着摇了摇头。“我本科、硕士、博士，读的都是航空航天专业。我曾在月联公司公布的数字拟真模型中反复研究‘露娜’设计与制造的每一个细节和末梢，几乎了解它上面的每一个零件；我阅读过无数次两次事故的调查报告，也在大脑和软件里无数次推演过那两次致命的失败……我可以肯定地告诉你，‘露娜’不存在重大的设计缺陷，它的第一次事故是由于雷达模块错误估计了与轨道上太空垃圾的相对速度，第二次则是——”他舔了舔嘴唇，“第二次则是着陆引导系统选择了错误的登月地点，导致飞船撞上环形山……我的公司的主营业务就是编写航天器飞行控制系统的指令，我相信我的技术团队修正了所有的代码错误，我也相信自己对‘露娜’这十多年来的深入研究——‘露娜’并不危险，危险的是我们不愿直面错误的胆怯。”

“你应该把这些话讲给记者听。”我说。

他没有理睬我：“原来我以为，整件事情最难的部分在于，在合适的时间窗口，以合适的价格找到愿意搭载‘露娜’的运载火箭——现在看来，这是最容易解决的一个问题。全球标准化航天部件和接口是大登月时代的遗赠之一，所以不管是‘质子’‘猎鹰’‘阿丽亚娜’，还是‘长征’，它们都可以搭载‘露娜’进入地球轨道。很凑巧，‘长征’火箭在元宵节前正好有一次发射任务，如果‘露娜’能够通过航天局的安全性检测，我们中国的宇航员们很乐意带着‘露娜’重回地球轨道，而且全程免费。”

我拍了拍手："哇哦！"

安晓秋的脸上绽出短暂的笑意，眼神随即黯淡："然后我遇见了真正的困难。真正的困难在于，'露娜三号'已经'休息'了整整二十年，它的很多部件已经老化，无法承受高强度的太空飞行，而由于航天工业系统的整体演进，飞船内部的许多部件已经不再生产了。"

"就是说，"安晓秋咬了咬嘴唇，"'露娜'的外部接口和飞行控制软件环境虽然可以与现在的火箭兼容，但它自己的身体里却有大毛病，而且我们没法通过采购新的零件来修复。"

"你打算怎么办？"我问道。

他摊了摊手，脸上露出苦笑。

"安晓秋，你有没有想过，这世界上可不止我们一个博物馆哪。"

他愣了一下："家和，你的意思是——"

"你既然能要来整架飞船，弄几个零件又有多难呢？"我故意轻描淡写地说，"大登月时代之后，民用登月飞船并没有立刻绝迹，至少有十年的时间，它们还在使用'露娜'的通用部件往返地月。我想，在这世界上，一定还有许多个人或者机构和杨先生一样，珍藏着状态良好的通用部件，你只要想个办法把它们收集过来——"

话还没说完，我的声音就被安晓秋的熊抱掐断了。这家伙闪电一般绕过餐桌，拥抱我的同时还用力拍打我的后背："谢谢你！家和，谢谢！"

我费了好大力气才将他推开："怎么，你这就想出办法来了？"

"没有。"他顽童般冲我吐了吐舌头，"但这毕竟是一个可以解决的问题，不是吗？”

安晓秋向我证明，这确实是一个可以解决的问题——虽然最初的想法是我提出来的，但这个难题的解决方式还是令我大跌眼镜：在宣布登月众筹计划和所需部件后，安晓秋的个人社交页面被疯狂转载数十亿次，几天里他收到世界各地上千个援助意向，于是不得不启用公司的数个人工智能线程来甄别和跟进这些意向。众筹效果出乎意料地好：在满足基本的零件需求后，安晓秋的团队甚至有余裕组建一套备用冗余系统。安晓秋得到了一些免费零件，为另一些零件付了钱，然而他收到的最多的交换条件，是“露娜三号”上的一个座位。

“众所周知，‘露娜’上只有十五个座位，”安晓秋在最近的一次全息访谈中说，“所以很抱歉，那些没有拿到船票的朋友只能等下次、下下次了。”

还真是心直口快，是安晓秋一贯的风格。

……

我想无论在哪个时代，人类终究都是需要理想主义的，所以你才有机会看到这样的盛况：数百个曾被认为是历史遗物的精密部件乘坐海轮、飞机和高铁涌向中国西昌，在这场“大快递”中，所有涉及国家的海关都开了绿灯。而在“露娜”的组装车间，忙碌着来自世界各国的志愿者和形制各异的工程机器人，如果你曾身临那沸腾着不同语言的施工现场，你一定会由衷地相信，即使是上帝也无法阻止人类修建巴别塔。

因为我们人类永远在憧憬着更远的远方。

……

在“长征”火箭发射之前，“露娜三号”如期准备就绪。

这是安晓秋在飞往月球之前和我最后一次见面。吃饭时他满怀歉意地对我说，他不能喝酒，而且只能吃清淡的食物。“但这样也比以前好多了，”他拍着我的肩膀说，“‘阿波罗11号’登月之前，为了减小病菌感染的风险，阿姆斯特朗们甚至只能在透明薄膜后和记者们交流。相比那个时代，我们已经进步多了。”

“我们选择登上月球，并非因为它轻而易举，而是因为它困难重重，”我冲他挤了挤眼睛，“嗯哼？”

“困难和风险是一对孪生子。”安晓秋说，“说实话，即使已经模拟过无数次，我还是挺紧张的。”

“拜托老兄，你肩负着全人类的希望，你要是把事情搞砸了，全世界人民都不会答应。”我故作轻松地安慰道。

他点了点头。片刻沉默后，他再次开口：“家和，我知道你心里一直有个疑问——你想知道我是怎么打动杨先生的。”

“这个呀，”我的耳垂烧了起来，“等你回来再——”

“我对他说，我是个登月孤儿。”他垂下眼睑，“二十年前的元宵节，我的父母在‘露娜二号’事故中遇难了。”

我听见自己的喉咙里响起“咕隆”一声。

“我的父亲是月联公司的工程师，母亲是记者，他们是在‘露娜一号’事故的阴影下出发的……”安晓秋继续说道，“我想他们一定坚信自己会安全归来，因为他们知道我和每一个青春期的孩子一样，既想挣脱父母的怀抱，又无比需要父母的爱……”

他哽住了，将双手覆在脸上。我拍了拍他的肩膀。

安晓秋的双手在脸上用力揉搓了几下，接着放下，我看到他的眼眶泛红。“谢谢。”他说，“我曾消沉了很长一段时间，直到有一天我突然意识到，因为前进路上的挫折和跌倒而放弃奔月的理想，这才是活着的人对牺牲者最大的辜负。”

这句话后是长长的停顿，在停顿中我感觉到有温热的液体在我的眼中聚集。

这次轮到安晓秋拍我的肩膀：“老兄，所以我没有辜负他们呀，你看，我已经让‘露娜’复活了，三天后，我还会让它重新飞向月亮。”

我使劲儿吸了吸鼻子，点头。

“知道最后我是怎么跟杨先生说的吗？我说，我的父母已经在月亮上寂寞了二十年，明年的元宵节，我们一家也该团圆了。”

说完，安晓秋举起手中茶盏。圆形顶灯倒映在绿盈盈的茶汤中，竟然像极了月亮。

他将茶一饮而尽。

在全息视频直播中，我看着“长征”火箭载着“露娜三号”冲出大气层，船箭分离，飞船入轨。我看到“露娜三号”建立轨道运行姿态，随即点燃聚变发动机。这时我退出了全息视频，抬起头，在澄澈的夜空中寻找那颗刚刚点亮的“小太阳”——我看到了“露娜三号”蓝白色的尾焰。

那是一颗即将奔向月亮的星。今夜的月亮已经很大很圆了，我想，那颗星绝对不会迷失自己的方向，绝对不会。

“安晓秋，”我扬起嘴角，“元宵节快乐！”

《科学故事会》2020年2月刊

精彩点评

“嫦娥五号”顺利返回的消息，近来成了各大媒体的头条新闻。月宫冷寂，但依旧让无数“嫦娥”为之神往。尽管科学的观察已经揭开了月亮一部分神秘的面纱，人类所向往的“黑夜之光”不过是太阳光的反射，但人类对月亮的情感投入依旧远超太阳。这颗伴随着黑夜出现的小小玉盘，到底有怎样的魔力，吸引着一代又一代人为了登月而前赴后继？

在本作中，虽然“大登月时代”早已落幕，但依旧有人对月球心生向往。主角安晓秋的父母在多年前的登月飞船“露娜二号”事故中遇难，安晓秋在消沉一段时间后，突破重重困难，终于登上“复活”的“露娜三号”，奔向月球……每个决定登月的人，似乎都拥有无限的勇气，仿佛登上的是自己的梦想岛。

在小说中，由于冷核聚变技术的成熟，使得地月旅行成为可能，“露娜”系列飞船因为成本相对低廉而受到大众的追捧。这个设定本身具有一定的现实基础，美国的太空探索技术公司（SpaceX）正是商业载人计划的实践者，开启了商业航天运输飞行和“廉价”空间探索的新时代。但是作者巧妙地把背景设定在登月旅行蓬勃发展之后的时代，大家都把“露娜”飞船当作博物馆里的老古董时，主角对月球的执着就显得更为难得。从传递零件时海关大开绿灯，登月船票一票难求的描写中，读者的心潮也会随之起伏，虽然现实不允许，但是大家对月球的向往之心并没有因此消失，再次照应了本文的主题——“我们人类永远在憧憬着更远的远方”。

主角安晓秋是一个神秘的角色，小说通过“我”的视角，每次多了解他一点，就会引出更多悬念，这样的写法让读者获得了极大的沉浸感，就像品尝一颗多味糖，你永远不知道下一口是什么口味，但是糖的颜色又在引发你的无限猜想。无论最后的奔月是否成功，糖果的味道已经牢牢印在读者的心里——那是独属于月亮的味道。

广东实验中学语文教师、科幻阅读推广人　梁诗咏

火星瘟疫

◎ 宁铁民

就在火星城建设的关键时刻，瘟疫暴发了。中国火星城工程队队长杨禾正忧心众多病倒的队友，联合登陆火星的 A 国盟友气势汹汹地冲到了中国基地门口。

“你们要干什么？”杨禾出门迎接，声音不大，却不怒而威。

“杨队长，你们要对这次疫情负责！”A 国火星城工程队队长乔治怒气冲冲，指着杨禾的鼻子责备，“瘟疫是从你们基地先暴发的，现在传染给我们了！”

“乔治队长，”杨禾推开乔治的手，正气凛然，“现在我们应该做的，不是‘甩锅’，而是想办法治疗瘟疫。”

乔治说：“我们是来火星建设火星城的，可没有准备应对瘟疫。就算现在从地球上把医疗用品送过来，也得等到一年多后的窗口期，到时候火星上已经没有人了。”

“那你带人堵我们基地门口有什么用？”杨禾问。

“你们必须捐出所有的医疗物资给我们使用，为你们传播瘟疫赎罪。”乔治举起拳头威胁。

“凭什么说瘟疫是我们传播的？请你们拿出证据。”中国火星城工程队医疗组组长沈红也走出基地，她问。她神色憔悴，为了攻克瘟疫，她利用飞船上仅有的医学设备，已经连续工作了三天。

乔治从航天服背后掏出一把激光枪。

杨禾急忙挡到沈红身前，大喝：“把枪放下！”

乔治不仅没有放下枪，还向身后的 A 国队员摆手，他们每人都掏出一把枪。

“看来你们是不会主动认错的，那我们就自己拿医疗物资了。”乔治冷笑。

“拿？你们这是抢！”沈红从杨禾背后伸出头，愤怒地说。

杨禾把她推到自己身后，向乔治举起双手，做投降状，说：“又没有火星人进攻，各位何必大动干戈？”说罢手向下一摆，基地大门两旁开出两个小窗，窗内各露出一门激光炮。

杨禾继续说：“如果火星人发动进攻了，我们还得并肩作战啊。”

“对，对，”乔治示意手下收枪，“火星人没有进攻。”

“那你们有没有证据？”沈红问乔治。

乔治神色尴尬，咬牙切齿地说：“没有，没有。”

“你们没有，我有。”沈红说。

乔治带 A 国队员退去，约定明日见分晓。

沈红长舒一口气，问：“队长，你什么时候准备的炮？”

“那是刚用 3D 打印机打印出的激光炮模型。”杨禾苦笑。

第二天一早，杨禾就带了沈红前往 20 千米外的 A 国基地。

“队长，你真要把这包物资送给他们？”沈红扶着杨禾背上的背包抱怨。

“火星上再没有别人了，能帮就帮一下。”杨禾喘着气说。

在火星的低重力下，背包并不重，沈红却看到杨禾被压弯了腰。为了节省能源，杨禾坚持不坐电动车，还要自己背物资。

他们走了好几个小时才到达 A 国基地。乔治看到他们带来的物资，十分吃惊，不知道该说什么。沈红要求查看基地的水井。

名为水井，却不像地球上那种直接打到地下水层的井，而是用高温加热火星地层中的冰来取水的装置。为了让火星水保持液态，整个水井被安置在一间密封的舱室中。

“你们是怎么打的井？”沈红问。

“为了加快速度，我们直接炸开了地层。”乔治回答。

“因此就把火星地层中的微生物带到了大气中，又随着火星风暴刮到了我们基地，才使我们暴发了瘟疫。”

“证据！”乔治强调。

沈红从井里最深处取了水，现场提取微生物。很快就有了分析结果。

“这能证明什么？也许是井被污染了呢？”乔治狡辩。

沈红拿出几个样本，“这些是在远离我们双方基地的地下采集到的火星微生物样本，与我们队员体内的致病菌完全一致。”

乔治看着样本，惊叹道：“原来火星真的有生命。”

“所以现在我们要做的，是一起找到治病的方法，而不是推卸责任。”杨禾说。

“可是我们缺乏必要的医疗设备，别说建火星城了，我们都不知道能不能活到补给飞船到来。”乔治叹口气，瘫坐下去，“还是火星病菌，就算现在送来了药品，还不知道对这个病菌管不管用。”

“我已经把最近的研究结果发回了地球，但愿能有办法……”沈红话没说完，只听得A国基地中警报声大作，有不明物体正飞向火星。

众人走出基地，只见天边出现一条明亮的弧线，一颗火流星正从他们头顶飞过，消失在西方地平线下。

虚惊一场，杨禾与沈红向A国队员告别，准备返回中国基地。

他们刚走出几百米，那颗火流星出现在东方的天空，以很快的速度掠过A国基地上空，又消失在西边。

杨禾与沈红驻足观看，火流星连续转了多圈，每一圈的速度都会降低。最后一圈，火流星终于落了地。二人返回A国基地，和乔治一起乘坐基地的电动车，前往火流星坠毁处。那里的地面上被砸出一个坑。

坑底有一个直径不足10米的金属球，旁边散落着像是反冲火箭残骸的东西。

乔治和杨禾拆开了金属球，里面层层包裹着一个密闭的盒子，还有一份中文文件。

文件显示，地球接到火星上暴发瘟疫的报告后，位于月球的广寒宫基地就利用大型激光阵列，推进一艘小型飞船，使其用十几天时间飞到火星，给火星基地送来治疗仪器——纳米医疗机器人。

沈红在几年前也参与过纳米医疗机器人的研制工作，只是当时进展缓慢，没想到真的研制出来了。

然而，说明书中说，这些纳米医疗机器人还没来得及进行临床试验，安全性未知。

乔治派出A国医疗组与杨、沈二人一同返回中国基地，对纳米医疗机器人进行编程，使其可以识别致病火星微生物，并只对其进行攻击，而不伤及人体。

几天后，编程终于完成，杨禾要求用自己来进行人体试验。

“你是队长，有更重要的责任。”沈红极力反对。

“现在我也是病人，如果能把我治好，我可以更好地履行更重要的责任。”杨禾坚定地说。

“可万一——”沈红的话被杨禾打断。

“呵呵，”杨禾微笑着说，“小时候，我就梦想着能踏上火星这片神秘的红色土地，如果真有万一，又有何妨？”

当蓝色的太阳再一次从东方地平线上升起、照亮红色的天空时，杨禾康复了。

几天后，中国和A国基地中的瘟疫被彻底消灭了。

乔治将原来的井封闭了，在很远的地方另开了一口井，那里的火星地层中暂时没有发现微生物。他这样做，不仅是为了保护火星基地的建设者，也是为了保护火星生命。

这场瘟疫唯一的后遗症是，大多数队员开始拉肚子，这可忙坏了沈红。

杨禾捂着肚子来到实验室时，沈红已经连续工作了三天。

“你该休息了，这回也不算大病。”杨禾还是担心她的身体。

“但这是我的责任。”沈红放下手中的仪器，转过身来。

“有什么发现？”杨禾问。

“你们拉肚子的原因主要还是肠道菌群紊乱，是纳米医疗机器人把它们当成火星微生物了。”

“是程序出问题了？”杨禾看着装有纳米医疗机器人的盒子。

“不，火星微生物与人类肠道中的微生物，以及地球上的微生物，”沈红放慢了语速，“还有地球上的动植物，包括人类自己——”她停住了。

杨禾看着她，慢慢瞪大了眼睛。

沈红点点头，郑重地说：“都是同一个祖先。”

《科学故事会》2020 年 6 月刊

精彩点评

瘟疫暴发这个题材在2020年有着更加特殊的含义。在这一年里，中国乃至全球都在和疫情作斗争。人们感动于疫情中那些人性的美好展现，叹息于白衣天使等工作人员的牺牲奉献，感慨于上下一心共同抗疫的雄心壮志。这一刻，我们的心在一起，跨越了文明的各种界限，只为一个“大我”而歌，愿疫情早日消失，愿世界和平稳定。

当然，不同的抗疫态度也决定了抗疫的成效。小说中的 A 国火星城工程队一味指责中国火星城工程队是疫情暴发的源头，以此为借口抢夺医疗物资。中国火星城工程队不计前嫌，主动送上医疗物资，并查明了瘟疫实际源自A国火星城工程队的操作不当。双方苦于缺乏医疗物资的时候，得到了月球基地送来的纳米医疗机器人，之后，火星上的瘟疫终于被彻底消灭。但小说安排了一个戛然而止的结局，研究发现火星和地球也是同源！

这个结局点亮了整部小说。原本只是一个简单的抗疫救灾故事，却延伸出对生命起源的思考。小说并没有继续解释后话，这给读者留下了极大的想象空间。这对人类未来的发展会产生怎样的影响呢？地球和火星以往到底产生过何种联系？火星是人类的发源地吗？一系列的问题轰炸着读者的心灵，然而小说就此结束，使人感到震撼而意犹未尽。

人类对于火星的探索从未止步。小说中的火星基地在不久的将来就会变成现实，“嫦娥五号”的成功发射已经为日后探索火星奠定了基础，我国也在甘肃金昌建立了一个火星模拟生存基地。感兴趣的同学可以看看《挑战吧！太空》中志愿者在这进行的封闭式生存挑战。

另外，小说中重点打造的纳米医疗机器人，早在1959年就由诺贝尔物理学奖得主、理论物理学家理查德·费曼提出过。只是现在受限于技术，我们暂时还无法研制出真正意义上的纳米级体积、可控的纳米机器人，但在医学领域，纳米机器人已经是各大研究机构的研究重点，相信很快就能有技术突破，像小说中那样识别微生物并有针对性地攻击，应该很快就能成为现实。

广东实验中学语文教师、科幻阅读推广人　梁诗咏

爸爸的秘密

◎ 凌　晨

1

餐桌旁，田星宇扭曲面孔，噘嘴，做出可怜兮兮的表情，对妈妈说："妈，爸好久都没回家了！"

妈妈愣住："有多久？"

一旁吃苹果的田远航脱口而出："13 天 27 小时 56 分。"

妈妈赶紧解释："爸爸的研究正在最关键的时候，走不开。"

"不是不要我们？"田星宇满脸惆怅，追问。

"当然不是。"妈妈左边抱抱女儿田远航，右边搂搂儿子田星宇，"帮不上他，也别给他添乱，对不？你们都是懂事的乖小孩，能理解爸爸，是吧？"

田星宇问："那和爸爸视频可以吗？"

"不行，宝贝，不能让爸爸分心。"妈妈说，"再等几天他就能回来了。等等吧！"

妈妈高跟鞋的声音远去了。田星宇立刻奔到田远航身边，满脸兴奋：“妈去月球了！没个三五天回不来！”

“你想干什么！”田远航立刻闻到危险的气息，急忙躲开弟弟凑上来的嘴巴，严正声明，“我不会帮你的。”

田星宇摩拳擦掌：“不是帮我，是咱俩一起。”

田远航摇头：“你得了吧你，上次玩真人Party玩到姥姥婚礼上，被妈关了3天小黑屋，我可不想再经历一回。”

田星宇瞪大眼睛：“那能怪我吗？主意是你的，方案是机器人保姆大壮的，我不支持你我能叫你弟弟？”

田远航鼻子都要气歪了，撇嘴：“你会强词夺理了你！行，你想干什么你自个儿干！我不管，有什么麻烦你自个儿收拾！”

田星宇做个鬼脸，嘻嘻哈哈笑：“我自个儿干就自个儿干！见到爸爸，我就告诉他远航压根儿不想他，不爱他。”

“呵呵，”田远航对田星宇的话真是一个字都不相信，随口就说，“那你去见吧。”

田星宇愣住，以为还要费许多口舌才能说服姐姐让自己去，没想到她这么容易就同意了，但是……田远航这态度，难不成就是传说中的软钉子？

田星宇深呼吸，一想时间不多，浪费不起，而且这事情没有田远航干不成。想罢，他一咬牙一跺脚，实话实说：“我拿到了爸爸研究室的瞬时权限，姐姐你真不好奇爸爸在干什么吗？”

2

田远航对爸爸还真没啥好奇心。这不能怪她，要怪就得怪爸爸工作太忙，甚至都不曾和田远航完整吃过一顿饭。不过，这个时代的孩子和父母关系本来就没那么亲，大人要工作娱乐，小孩子要学习玩耍，大家各忙各的互不干涉，家务活儿则由家务机器人完成。太过依赖父母的孩子，那叫不懂事，她田远航可是最懂事的优秀学生。

“成，我不懂事，我就想知道爸爸他是干什么的，为什么忙成这个样子。”田星宇看着姐姐瞬息万变的脸色，除了坦白还真不知道该怎么获取她的支持，“而且他连个虚拟身份都不肯给我们。”

很多家长也忙，但他们会制作虚拟影像，放置在MR（混合现实）增强现实系统中，随时出现在孩子身旁，算是自己的分身，陪伴孩子成长。田家有妈妈真人在家，妈妈不需要虚拟，连带着爸爸的虚拟影像也从来没有出现过。以前，田星宇觉得很正常，但是某一天他忽然觉得不对味儿。

“姐姐，我那天就想，我们真的有爸爸吗？”田星宇悠悠叹息，眼圈儿不由得湿润了，小嘴一撇，“13天28小时15分前见的那个爸爸，虽然在家待了整整24个小时，但有15个小时在睡觉，2个小时在远程通信，3个小时在社区散步，他和我们统共只说了29句话，身体接触6分钟。我觉得，我要有条狗都会花更多时间和它说话，拥抱，玩耍！”

田远航拍打大壮，嗔怪这机器人：“你搞这些统计有什么用！”

“我只是如实记录家庭成员的情况。”大壮面无表情。

当然，要大壮有表情不难，修改程序就好了。这个时代，一切都可以设计修改，都有标准可依，有模板可用。要达到好爸爸的标准不难，比如满街都有的“12888，好爸爸搬回家”套餐，就担保定制的虚拟爸爸会陪孩子玩儿，能辅导孩子做功课，能给孩子做饭，还会带孩子游泳、跑步、慢走，保证在孩子弹钢琴时听得如痴如醉不打瞌睡……

“可是咱家爸爸，不但不去虚拟一个标准模板，压根儿就我行我素，都不怎么关心我们的存在……确实，这爸爸有点问题……”

田远航顺着弟弟的思路走，越想心里越不是滋味。见姐姐不说话，脸色沉沉的，田星宇的耐心终于用尽，低声吼叫：“田远航！你到底要不要跟我一起干？”

田远航去门口玄关穿鞋，回头骂：“臭弟弟，要走就走，哪儿来这么多废话！”

3

田爸爸的工作单位叫“未来世纪高科技有限公司”——公司的这个名字田远航是见一次吐槽一次，不大气不时尚很土也就罢了，它还完全不知所云。就像田爸爸的名字“田田”一样，完全是为了注册身份，起个名字来敷衍了事。不过田田所在的部门名字还行，是“未来世纪高科技有限公司”下属的“精密工程设计研究室”。“精密”这个词儿瞬间让田田“高大上”起来，尽管他整个人的形象在田远航脑海里总是模糊一片。

但是这个“精密工程设计研究室”的研究内容，田星宇查不到。这对生长在信息海洋中的田星宇来说，是个很不爽的障碍。

“你怎么拿到权限的？”田远航问。此时她和弟弟还有大壮已经离家二十千米，坐在了无人驾驶的轨道车上，向郊外疾驰。

“我想了好久！”田星宇兴奋地说，“研究室的电子门卡随机更换密码。等级足够的职员有修改密码的权限，但权限也有密码，有时效限制。这设置真变态。”

“所以爸爸都离开 13 天了，你才找到密码规律？”田远航怼起弟弟来，从不吝啬语言的尖酸刻薄。

“是啊。”田星宇不觉得姐姐在讽刺自己，反而得意起来，“我终于找出来了。我一直怀疑爸爸他是——”

田星宇那兴奋的神色丝毫不存羞愧，这对把电脑信息技术当牛奶喝的他而言，是不是有点不正常？除非……田远航一把抓住弟弟的手，嘴唇都在哆嗦：“你……你到底找出了什么规律？”

田星宇的嘴唇压在了田远航耳朵上，声音在她的鼓膜里传播：“脑电波。”

4

对密码学来说，人体就是天然的密码，指纹复制不难，虹膜复制难度就大多了，但这些都是人体外部肉眼可见的信息特征，还可以有复制的可能。人体内部的信息特征，想复制基本等同于白日做梦了，比如自身能量场，比如脑电波。

“你……你可以复制爸爸的脑电波？”田远航被这信息惊呆了，照她的理解，这是可以去争夺国家科技进步一等奖的惊人技术，田星宇这也太牛了！

“只是找到了爸爸脑电波中的几段，可以模仿。”田星宇笑得像个偷了鸡崽儿的小狐狸，“一提他的研究室，他就会想到一些特定物品，那时候他的脑电波是稳定的。他别的脑电波我还不行。”

“你还要哪样行！”田远航狠狠掐了弟弟一把，看他龇牙咧嘴才住手，声音里带了怒气，“私自采集个人信息犯法！”

田星宇不怕，鼻子里哼哼两声，自信满满：“我爸爸的个人信息，那能叫私自采集吗？那得叫资源共享。”

田远航抵住弟弟的额头，追问：“刚才你说你怀疑什么？”

“怀疑什么？”田星宇没反应过来。

田远航拍拍弟弟的脸，提醒他：“你怀疑爸爸……”

“对，我怀疑他不是人。”田星宇认真地说。

5

“你乱想什么！”田远航推开弟弟，沉下脸。

课本上写着呢，人是物种进化的结果，是地球大自然最杰出的成就。和人对应的则是非人，有机器人、生化人、克隆人、异种人和外域人。除了外域人，其他几种非人都是人制造出来为人服务的，其本质与电冰箱、微波炉一样，就是工具。

所以田远航的第一反应就是爸爸再没有做爸爸应有的样子，他也不能是非人，是工具啊！田星宇太胡思乱想了。都怪自个儿和妈妈，把这弟弟宠得没边儿啦！

田星宇辩解："曾经怀疑了那么一下下。毕竟就那么几个外域人，咱爸怎么可能是。"

原来弟弟怀疑爸爸是外域人啊！田远航松了口气，但转而一想，那不更胡思乱想了嘛。外域人是取代外星人的更广阔的智慧生物总称，这些智慧生物不是人，只不过有个"人"的称呼，单从基因构成上就和人类迥然不同。他们不但来自外星球，还来自地球的深海、地下洞穴、冰层和高空，甚至平行空间。他们的数量并不多，却为人类开阔了前所未有的视野，激发了人类拓展对文明的认知。如果文明的发展是登山，这些外域人将人类从矮小的山丘带上了巍峨的山岭。虽然人类还没有攀登到文明的顶峰，但已经能够俯瞰曾经的自己，并且深深为过往人类制造的疾病、战争、饥荒、污染等灾难而忏悔。

因此每个外域人都对人类至关重要，他们被有关部门精心照料着，从不曾有走到普通民众中间的机会。如果爸爸是外域人，那么自己和弟弟算什么？妈妈又算什么？她是知情者还是共谋者……

田远航不喜欢凡事都阴谋论，想多了脑仁会疼。但爸爸要是外域人，这平淡的生活该会变得多么有意思！

6

“对吧，爸爸要是有秘密被我们拆穿了，那会多好玩儿。”田星宇眼睛亮得如探照灯，走路都高兴得直蹦高。

轨道车的尽头是静谧的乡村，不再有规模化的现代化的交通工具。好在田远航带了飞行毯，她拍打几下，毯子就立刻平整铺开，稳稳当当浮在空中，离地 20 厘米高，正好一跨步就能坐上去。毯子的承重能力也不错，姐弟俩和大壮坐上去后，毯子连个凹陷都没有，平整如初。

“什么飞行毯，不就是柔性智能机器人加块电子布嘛。”田星宇不喜欢坐，四仰八叉躺平身体，顺口说，“这块布里也就 4000 个机器人，50 块钱。”

4000 个液态全柔性智能机器人在电子布中运动、变形和传感测量，根据田星宇的指令飞翔，带着他们绕开人口密集处，穿丛林过湿地，轻盈地停在“未来世纪高科技有限公司”的屋顶。

“哈，”田星宇跳下飞行毯，比了个胜利手势，“爸爸，我们来了！”

7

“未来世纪高科技有限公司”所在地是一群楼宇。楼与楼之间都用透明玻璃走廊连接，看上去就像一串穿成菠萝形状的糖葫芦。糖葫芦正中位置的大楼里，就有爸爸所在的部门“精密工程设计研究室”。找到研究室不难，难的是通过公司的门禁和研究室的门禁。

“大壮变形！”在田星宇的指挥下，大壮变成了一台自动送货车，成为这楼宇中运转的第1201号自动送货车，车厢大小正好够藏进他和田远航。自动送货车根据收货人的定位自己搜寻最优路线。自动送货车装货后，收货人通过网络自己定义电子锁密码，将车厢锁定，因此整个送货过程非常安全快捷。田星宇正是看中了自动送货车的全程无人监控的特点，才设计了进入公司的方案。

爸爸的秘密就在前面了，这令田远航很激动。她紧紧抓住田星宇的手，低声说:“你少得意！还有研究室这关，过了才算你能耐！”

田星宇说：“任务要是顺利完成，姐你奖励我不？”

“见到爸爸再说。”田远航不耐烦，“还要多久？”

“嘘——”田星宇用手指压住嘴唇，做了个噤声动作。

自动送货车停下了。

田远航也不说话，屏住呼吸倾听。

车厢隔音效果一般，外面什么动静也没有。

片刻，自动送货车重新启动。

田星宇松了口气：“搞定！”

“你用什么仪器仿制了爸爸的脑电波？”田远航惊讶地问。

“我的脑子。”田星宇的声音里满是骄傲，“它是这世界上最精密的仪器！”

8

识别脑电波是尖端技术，这个田远航知道，原理上能识别就能仿制，但那也仅仅是原理。如果要仿制必然需要复杂的仪器，这个仪器要达到小型化简单化至少也需要十来年的努力，还得微电子、脑科学、人工智能技术等紧密配合才能完成。

怎么田星宇就轻轻松松搞定了？

一定有诈！田远航愤愤地想，等事情完结了要好好问问这小子！

自动送货车再次停下来。田星宇拽拽姐姐：“我闻到了爸爸的味道。下车！”说着，田星宇就推开车厢门爬到外面去了。

田远航来不及多想，赶紧跟出去，撞到了田星宇身上。

他们发现了爸爸。

田星宇说：“爸爸，我和姐姐来看您了。”声音有点哆嗦。

爸爸不说话。

田远航着急，推开田星宇，解释道：“爸爸，我们不是不听话，就是想您了！”

爸爸……依然不说话。

爸爸闭着眼睛，平躺在一张特制的床上，赤裸的上身和额头贴了无数电极片。导线从那些电极片上生长出来，长得长长的，长进了许多台仪器中。四周墙壁上十几个显示屏，大小不同，就像十几双眼睛看着爸爸。

爸爸，还是第一次这么安静地让田远航观看，长得真像田星宇，好看。

“爸爸……”田星宇迟疑，“您不会真是外域人吧？这里是对您进行研究的地方？”

爸爸不说话，他的意识不在此处。在哪里呢？显示屏上无尽灰暗中游动着带鞭毛的生物，那是哪里？

“爸爸，您到底是什么人？”田远航也轻声问，“您一定经常在这里，您忙什么呢？可以告诉我们吗？您的秘密！”

“可以的。”一个轻柔的声音在姐弟俩身后响起，他们急忙回头。

“妈妈！”田远航、田星宇同时惊呼。

妈妈走过来，抱住孩子们，有些哽咽：“你们……你们胆子也太大了！”她说不下去了。

9

妈妈说：“你们好好看看这些屏幕，就能猜到爸爸在做什么。”

每个屏幕上的影像都不同，上面的文字都很简短。

“地表温度零下 165 摄氏度。大气压 162.65 千帕斯卡。”田远航念着其中一块屏幕上显示的文字。

“大气主要成分为氮，含量超过 98%。”田星宇念着其中另一块屏幕上显示的文字。

“海洋覆盖整个星球，海洋中都是甲烷和乙烷……”田远航停下，看向妈妈，“这颗星球在太阳系吗？”

妈妈点头。

“土卫六！”两个孩子同时说。

“是的，是土卫六。二十年前，从那里来了一个外域人。”妈妈说。

田星宇的眼睛一亮。

妈妈立刻猜到田星宇的想法，摇头：“不，那不是你们的爸爸。你们的爸爸是最普通最纯正的人类。”

“就没有一点独特的地方？”田星宇不由得失望。

“有，孩子们，你们的爸爸，他最独特的地方就是他非常努力勤奋地训练自己，他肯吃苦。在那个外域人的指导下，你们的爸爸开发了自己的大脑，成功地将我们人类活动的边疆扩大到了土卫六！”妈妈激动地说。

“可是，并没有听说开垦土卫六的消息啊。”田远航还是有点蒙，妈妈话里的信息量有点大。

“一切都在试验啊，还没有公开。”妈妈回答，“我们在太阳系外寻找类地行星，想给人类开拓第二个、第三个‘地球’，但我们忽视了身边可以生存的星星。土卫六的环境正在发生改变，它的深海之中，有我们用不完的能源，只要我们不放弃，肯想办法，就可以在土卫六上修建城市，居住下去。”

“那爸爸在这个试验中做什么？”田远航问。原来爸爸不是在沉睡，而是在工作，是什么样新奇的工作呢？

“那些带鞭毛的生物，”妈妈指指屏幕，“都是我们的机器人，正在土卫六的海里工作。你们的爸爸正用脑电波和它们进行交流，控制它们进行着最微妙最细致的工程。它们将改造一片区域，种植适合的植物。”

“好神奇，”田星宇感慨，“爸爸是怎么做到的呀！”

“那你又是怎么做到的？”一名警察走进来，问田星宇，“你居然能模仿你爸爸的脑电波开锁！”

“你们……”田星宇垂头丧气，“你们怎么知道？”

警察笑说：“小子，从你开始对你爸爸的脑电波采样我们就知道了。但你爸爸相信你不会做坏事，所以我们一直暗中跟踪着你们。还好你们没干坏事。”

田远航赶紧为弟弟辩解：“我们真的就是想知道爸爸在做什么。没别的想法。”

警察说：“那你们现在知道了！你们爸爸在做着很重要的事情。”

“是，知道了。他在为人类有更好的明天努力。”田远航有点激动，转身对妈妈、对躺在那里的爸爸说，“我也想像你们一样，做对人类重要的事情、对这个世界有好处的事情。”

“还有我呢！我的大脑活动也很活跃，开发脑电波绝对能成功！”田星宇插嘴。

“你呀！”警察揪住田星宇的耳朵，“你先接受惩罚吧！私自采集公民个人信息，可是要坐牢的哦！”

《科学故事会》2020 年 1 月刊

精彩点评

小时候，爸爸是我们的英雄，他高大伟岸，为我们挡住了风风雨雨，对于父亲，我们天然充满孺慕之情。当大量科幻作品都在思考“母亲”的角色在科技发达的未来会产生何种变化之时，作者凌晨却转向探究“父亲”这个角色在孩子成长路上的重要性。因为缺少爸爸的陪伴，两个孩子甚至产生了“爸爸不是人”的怀疑。为了了解爸爸的秘密，他们偷入爸爸工作的研究室，终于知道了爸爸是在忙着用脑电波控制机器人开垦土卫六。故事虽然不长，但是展示的主题却非常丰富。

小说中的爸爸，其实就是现实中很多忙于工作、疏于照顾家庭的爸爸的缩影。这个爸爸回家一趟，只顾得上跟孩子说29句话，而他的陪伴对孩子们来说其实是不可取代的。当然，爸爸在为人类的发展而工作，因此牺牲了陪伴家人的时间，这也值得敬佩。真希望文中所说的“好爸爸套餐”也能尽快研发出来，帮助那些非常需要父亲陪伴的孩子。

文中展示的是一个科技极度发达的世界，到月球工作是常态，MR增强现实系统能让虚拟形象的存在成为现实，车辆实现了无人驾驶，甚至还有飞行毯，外域人还把大脑开发的技术教给了人类。在其中，“大脑开发”无疑是最值得注意的关键词。在电影《超体》中，女主角就曾经把大脑开发到100%，获得了穿梭时空的能力。小说中的爸爸在开发大脑后，获得了用脑电波控制机器人的能力。

实际上，关于脑机接口的研究已经进行多年了，通过脑机接口已经能实现一部分的感觉修复，如人工耳蜗，还能实现一维的运动控制。相信在未来，脑机接口不仅能用于修复病人的受损功能，还能像小说中的爸爸一样用于完成人力难以完成的任务。

这篇小说篇幅相对较长，但作者比较巧妙地对小说进行了分节处理。每一个小节的结束部分都隐藏着一个吸引读者继续阅读的小爆点，因插入大量背景介绍而产生的情节停滞也不会显得无趣，很好地让读者保持了对“找爸爸”这个小故事的阅读兴趣。你们的爸爸身上，会不会也有小秘密呢？

广东实验中学语文教师、科幻阅读推广人　梁诗咏

星星的陷阱

◎ 彭柳蓉

1. 一颗星星熄灭的时间

对于人类来说，一颗星星熄灭的时间太过漫长。没有人想到在自己的有生之年，地球不再适合居住。

芙蓉城的盛夏将至，灼热的温度也无法暖和心底的寒意。站在银行楼顶停机坪的文星和妈妈等待着即将进入这城市的第一场洪水。此时的天空阴沉晦暗，如丝细雨从高空落下，像眼泪，也像转瞬即逝的叹息。城市里已经没有什么人。前一段时间频繁的地震让人们真正明白，在巨大的天灾面前，人类是多么渺小。人们似乎每时每刻都在面临永恒的告别。

大部分人选择将意识上传到中国研发的昆仑系统，放弃了肉身，只存下了生物细胞标本。小部分人通过抽签的方式进入了大小不一的地下城。

“妈妈，爸爸已经进入地下城了吗？”十三岁的文星的眼底已经染上了忧虑的神色。

妈妈点了点头，眼底的泪转瞬即逝：“他已经进入了安全的地下城。接我们的飞船也快要来了。”七艘小型星舰将在傍晚出发，前往可能适合人类生存的新的星球，这是孤注一掷的探索方案。

十年之前，联合国蒲公英委员会就在月球背面建造了简陋的星门。这一技术源自十多年前在西伯利亚坠毁的异星飞船。无数的资源被调集，只是为了保住人类生存的火种。星门能缩减漫长的星际飞行距离，这让人类前往新的星球定居成为可能。

星门的目的地无法精确定位，穿过星门的星舰能够缩短从太阳系到其他星云的漫长距离，但无法精确定位到0.1光年以内。穿越星门之后，也需要数月的飞行才能抵达预定的星球。这段旅程充满了未知的危险。最初的星门建在沙漠深处，不成熟的实验直接导致一百千米以外一个小镇的消失。

对于地球文明来说，即使幸运地获得了一些远超于这个时代的技术，但危险和未知总是如影随形。人类并没有幸运地得到星际航行预警技术。每年秘密出发的探索星舰都因为无法预知的危险折损。最接近成功的一次是去年。精卫星舰平安抵达了预设的异星，但那里的自然条件太过恶劣，根本不适合大量的人类生存。

文星俯瞰着城市，她的视线自然而然落在了城市东北33.2度的方向。敏锐的感知力让她确定洪水会从那里过来。这种奇特的感知力被一些人称为领航员天赋。拥有成熟的领航员天赋的人才能给出安全的航道路线图，带领星舰穿越陌生神秘的宇宙，顺利抵达新的星球。

频繁的地震终于让距离这座城市数百千米以外的水库垮塌，洪水席卷了沿途的一切。它在耗尽力气之前，来到了这繁华都市，裹挟着街道上的车辆和标牌等，巨浪滔天。

小型飞船落在了银行楼顶停机坪，穿着军服背着枪械的战士让文星母女上了飞船。飞船轻盈地掠过城市一角。文星看到了不少的流浪狗在洪水将至的街道上狂奔，鼠群从下水道涌出，向着附近的高楼攀爬。她的眼底湿润了，却并没有躲进妈妈的怀里。在灾难面前，所有的生灵的挣扎，也许只是徒劳的。

嫦娥星舰看起来像是一个尾部镶嵌着大圆环的金属梭。舰上只有五个人。林海和叶露结婚没多久，他们负责星舰的维护。剩下三人都拥有领航员天赋，分别是李渊、左西、文星。李渊是第一顺位的领航员，他沉稳和蔼，三十岁左右，已经在航天基地经过专业的宇航培训长达五年。左西是一个十六岁的英俊少年，戴着耳钉，头发染成栗色，像出道的唱跳明星。

文星默默地观察着自己的同伴们。同伴们也对她做了判断：一个沉静的十三岁的小姑娘。她看起来毫无攻击性，像一株怯生生的茉莉花。

左西戴着耳机听着音乐，他刚才看到文星和她的妈妈在星舰发射基地告别。因为文星的天赋，她的父母得以分批进入地下城避难。母女俩临别的拥抱那样用力那样久。左西没有感受过这样的情感，他是一个孤儿。如果不是渐渐显露出了领航员天赋，他现在大概已经死在频发的灾难里，无声无息，无人追忆。

黑夜里，嫦娥星舰前往月球，它会穿过神秘的星门前往 6.2 光年以外的夜莺星云，那里隐藏着两颗也许适合人类定居的星星。

太空日出是无法形容的瑰丽风景。耀眼的阳光从地球弧形的边缘绽放，宛如死亡幻觉里唯一的希冀。面对太空时日，每一个人都会感慨宇宙的广袤，感觉到人如此渺小，宛如星尘。文星觉得自己的耳边回荡着若有若无的歌声，像潮汐涌动，又或是天使的呢喃。

文星看着蓝色地球在黑色的宇宙里旋转，心底的哀伤无法抑制。地轴倾斜，南北极冰川融化，火山、地震频发。地球只是不适合人类生存，也许经历数万年，它会诞生新的住客。

左西将一只耳机塞进文星的耳朵里，柔和的音乐声让文星回过神来。

“谢谢。”文星对着左西微微一笑。星舰装置人工引力系统，所有人的日常起居并不受影响。

左西依然保持着他的冷峻明星范儿，没有说话，却也没有拿走那只耳机。他之前居住的城市风景秀丽，阳光明媚，如今一大半城市已经陷落在突然出现的巨大天坑里。所有的不舍如朝雾一样散落无痕。

24 小时后，嫦娥星舰降落在月球背面的天宫基地。这座基地由中国承建和管理，去年抵达目标星的精卫星舰也是由中国建造和中国宇航员驾驶的。目标星不适合大规模移民，精卫星舰留在那里并没有足够的返回地球的能源，如果等不到救援，就只能无声无息湮灭在目标星里。

天宫基地的会议室里，李渊一行见到了基地负责人张亮。他是典型的陕北人长相，端正朴实，轮廓深邃。他没有对星舰成员们多说什么，只是和他们一一握手拥抱。

张亮拥抱文星时对着她笑了笑：“我女儿和你一样大。”

星门一直在充能，等待着嫦娥星舰和另外六艘星舰。嫦娥星舰要去的夜莺星云双星系拥有两颗位置、大小合适的类地行星。星门只能将嫦娥星舰传送到双星系的边缘，嫦娥星舰需要闯过双星系边缘的碎冰地带，在双星系里航行数月，考察哪一颗行星适合人类移民。陌生的双星系危机四伏，地球文明星际航行的技术还不够成熟，但人类已经没有多少时间。

文星在前往月球的路上想象过星门的模样。当她站在星门前时，依然觉得自己的想象力太过匮乏。巨大的星门由两个巨大的圆环十字交错而成。金属圆环呈现出微妙的灰蓝色，让人觉得它像是来自深空尽头。

“它拥有一种超越时代的美感，不愧是来自外星的技术。”左西站在文星身侧感叹。黑暗的背景下，巨大的星门就这么飘浮在半空中，轻盈神秘。十多年前坠毁在地球的那艘异星飞船遗留的东西并不多，星门是其中最有价值的技术。没人知道这艘飞船为何降临为何坠毁。

“左西，其实我有些害怕。不是怕死，而是怕不能完成这次探索任务。有许多人正等着我们传回好消息，我怕他们失望。”文星轻声说。

左西伸手揉乱了身边女孩那柔软的毛茸茸的头发：“其实，我也有点害怕。”

文星的视线落在星门下广场上整齐排列的七艘星舰上，星舰们会像蒲公英一样被风吹往不同的地方。文星不知道自己会不会和以前的那些星舰一样就那么无声无息湮灭在宇宙的深渊里。无论如何，因为她的价值，爸爸妈妈得到了进入地下城的资格。如果她能找到一颗宜居星球，就能和爸爸妈妈在那里再度相逢。

2. 星星的坟场或摇篮

离开的时刻来临了。七艘星舰进入高悬的星门内部，原本只是散发微光的星门圆环变得越来越耀眼，然后两个套在一起的圆环旋转了起来，越来越快，将七艘星舰彻底遮盖。

文星躺在星舰的保护舱里，维生系统接管了她的身体，她陷入似睡非睡的状态，意识仿佛即将出壳的幼鸟，急切而又谨慎。一种无法形容的精神压力笼罩住了星舰的每一寸，文星仿佛在彩虹的河流里漂着，无数光线在她的意识深处交错。

也许过了很久，也许只过去了一瞬间。

保护舱的透明舱门滑开，懵懂的文星睁开双眼坐了起来。她看到了舷窗外的茫茫太空。地球和月球都消失了，如今的嫦娥星舰在距离地球数个光年以外的地方。由中国人自己研发的飞船导航探索系统自动运行，文星他们将借助附近恒星的引力，穿过碎冰地带进入双星系。

李渊已经在工作台上微调星舰的运动参数，他沉静的身影让文星不那么紧张了。

文星的视线落在不远处端着咖啡品尝的左西身上。

左西侧过头望向文星："你终于醒了。我们都工作一阵子了。李渊正在使用舰载光脑计算穿过碎冰地带的路线。"舰载光脑还需要进一步获得双星系所有行星的数据。在嫦娥星舰出发之前，月球基地就获取了一些双星系的观察数据。双星系的太阳正值壮年，稳定而热烈。双星系拥有七颗体积不低于地球体积的行星，其中的塞壬星和静海星很可能适合人类生存。由于塞壬星存在不确定因素，所以拥有两颗卫星的静海星是此行的目的地。双星系边缘的碎冰地带可不只是碎冰，也是诞生彗星和小行星的摇篮。

碎冰地带是他们要进入双星系深处的第一个阻碍。

彗星和小行星的诞生地一如传说中的冥土，在灰暗和死寂里，许多冰封的双星系的原始太阳星云碎片在黑暗里漂流，抵达双星系边缘。它们有的成为短周期彗星，从此处出发，漫无目的地进入双星系。有的星云碎片彼此碰撞甚至结合在一起，形成小行星。最大块的小行星直径也不足三千千米。

不管是小行星还是彗星，对于嫦娥星舰来说都是庞然大物。嫦娥星舰就像是误入巨人国的小小昆虫，任何的疏忽都会导致灭顶之灾。

李渊向伙伴们展示他利用舰载光脑测算出的几条路线图："现在是路线选择时间。我发现这里的碎冰地带似乎受到某种潮汐的影响，每一条路线都可能出现无法预知的风险。"

左西放下咖啡杯说："这很危险。意味着我们即使侥幸通过碎冰地带，留给月球基地的路线图也可能是错误的。"

文星注视着路线图，脑袋有些发涨，总觉得那些线条就像是海怪的触角，"我觉得这五条路线看起来都不怎么好。"

李渊沉默了几秒说："我和你的感觉一样。但是，我们必须尽快找到穿越碎冰地带的路，才能知道双星系的目标行星是否适合人类移民。现在，我们三个人就这五条路线进行投票表决。"

文星侧过头再度望向星舰外的黑暗宇宙，她仿佛听到了双星系里漂流亿万年的幽灵的絮语。

"我选第四条路线。"文星说。第四条路线如同优美的螺旋，在碎冰地带盘旋前进，就像旧时代织物上的植物藤蔓。

李渊握紧双手："我也选第四条路线。"

在碎冰地带航行数周后，文星已经有些厌倦深空。黑暗的宇宙和她只隔着薄薄的一层舱壁。偶尔，左西会和她一起听听故乡夏日虫鸣的自然音乐，她恍惚间会以为自己还在地球，还在那个从出生开始就一直居住的田园城市。那些翠绿的梧桐树，那些粉色紫色的芙蓉花，那些点缀在平原上晶莹的小湖泊，都在文星的梦境深处浮现。

李渊显示出了优秀的领导力，一切都有条不紊。虽然不时会有星云碎片出现在航道附近，但嫦娥星舰都及时避让开了。在数次细节路线选择上，三个领航员都达成一致意见。他们也惊讶于这样的契合感，友谊也因此不断加深。

这里是几十亿年以前在双星系诞生时没能成为真正的生命行星的碎片埋葬地。文星有时候会想，它们之中会不会依然藏着什么生命？

进入碎冰地带后，超远程通信变得断断续续。文星只收到过两次爸爸和妈妈的影像讯息。他们总是微笑着说自己很好，叮嘱文星照顾好自己，不要给星舰的其他人添麻烦。看着唠唠叨叨的父母，文星漂浮的心思变得稳定。在茫茫宇宙里，有人关心是美妙的体验。

左西的影像讯息是一只土狗的日常。他没有父母，也没什么朋友，他把自己拥有的进入地下城名额送给了一直陪伴他的老狗卡尔。在他心中，卡尔就是他的亲人。

李渊的影像讯息里是沉默的女孩，她是李渊的未婚妻宋甜。她无法接受自己父母的死，深度抑郁，一直在接受治疗。

诡异的事情发生在第四周的第一天。

星舰躲过巨大的彗星，却进入了微微发光的脏冰陨石群。星舰探测到这种微光可能源自某种未知的辐射物质。

脏冰陨石群撞击在星舰外壳上，并没有造成什么损伤。十分钟后，星舰却意外地失去了动力。可能工作区出了什么问题。

文星觉得头疼，似乎有人用巨锤敲击她的脑袋。她晃了晃头，坐在椅子上，想要说什么，却发现李渊和左西的身影变得时隐时现。

他们似乎并没有察觉到这诡异的变化，依然在彼此交谈。这让文星知道，也许不正常的是自己。

发光的脏冰陨石群似乎让她的视力出了点小问题。

为了进一步判断，文星站起身来走向左西，触碰他的脸。她摸到了正常的人类少年的皮肤，但下一个瞬间，她的手指穿透了左西的脸颊，就像穿透平静的水面！

文星猛地收回了手指，她害怕当左西的身体恢复固态时，自己的手对他的身体造成无法挽回的伤害。

星舰上的人正处于两种状态之中，宛如钟摆一般，时而真实，时而虚幻。又或者说，人们处于不同的时间流或空间流之中，才会发生这样诡异的变化。

文星注视着星舰外发光的脏冰陨石群。它们似乎并不能影响星舰的外壳，却能影响星舰里的人。这种感觉就好像是文星一直担忧着的事情终于出现了。在碎冰地带持续航行了数周，再有两周，星舰就能穿过碎冰地带，靠近双星系那些更可能适合人类居住的行星。但这些发光的脏冰陨石群就像是双星系的卫士，拒绝着异类的接近。

文星走向星舰的指挥台。动力并没有消失，只是被人取消了自动操纵。也许是工程师林海和叶露察觉到了危险，出于谨慎的目的，让星舰停止航行。

文星不知道为什么自己没有受到影响，也许李渊和左西也没有意识到他们处于钟摆状态。

就在这个时候，发光的脏冰陨石群出现了新的变化。它们旋转了起来，越来越快，仿佛被神秘的力量驱使。

星舰看起来就像是旋转的旋涡中心里一只被捕获的小甲虫。

3. 星网与塞壬星

发光的旋涡里，嫦娥星舰依然坚固，它的涂层技术来自坠毁在地球上的异星飞船。毫无疑问，这浩瀚的宇宙隐藏着无数的星球文明，地球不过是刚刚能够脱离太阳系的束缚，展开笨拙的星际探索。

发光的脏冰陨石群裹住了嫦娥星舰。文星听到了无数细碎嘈杂的声音，这些声音渐渐变得拥有了节奏。

星网意识连接成功——

星网？文星有些疑惑。刹那间，她的意识里多了一些东西。

就像是无线网络让人类把地球变成村落一样沟通。星网覆盖了宇宙不少的地方，地球太过偏远落后，还没有星网基站覆盖，也无人在意它的存在。

发光的脏冰陨石群居然就是星网在双星系无意中布置的小小的基站。这些基站被七级文明以上的星球，以能量尘埃的方式投入无数个虫洞之中，自动探测是否有符合进入星网的文明。嫦娥星舰采用了超越地球文明的技术，勉强能够达到最低的接入星网的硬件标准。而嫦娥星舰里的人并不太合乎软件标准。

三个拥有领航员天赋的人里，文星可能因为某个基因片段或精神力略强，成了唯一可以接触星网的人。

文星看到了无穷的事物，她头痛欲裂，宛如溺水一般痛苦。她的身体和精神都无法承受接入星网的负载。

在坠入无边黑暗之前，她得到了星网的启示：要穿过碎冰地带，需要根据碎冰地带里红彗星的位置进行计算。那个复杂优美的方程式被文星牢牢记在了心中。

星网意识连接中断——

文星醒来时坐在椅子上，她对面不远处站着的李渊和左西还在讨论着星舰外发光的脏冰陨石群。一切似乎并没有发生，又或是已经发生。

文星觉得自己就像是突然拥有了几秒人类智慧的蜉蝣，看到了无比广阔的天地，了解到生命不只是朝暮之间，不只是水与风。她冲到了指挥台，输入了那个意识里依然清晰的方程式。

“跟随红彗星，利用这个方程式调整航向，我们就能够平安穿过碎冰地带。”

在那之后的两周，文星没能再连接上星网，她像是发蔫的植物，总是会突然睡着。连接星网显然对她的健康有损。她侥幸获得的方程式已经发回了月球基地。跟随红彗星，不断微调航向，就能抵消掉碎冰地带莫名的潮汐力的影响。

离开碎冰地带时，三个领航员发生了第一次争执。舰载光脑计算出了两条路线，能够让嫦娥星舰以最节省燃料的方式利用引力弹弓穿过群星，前往最接近两颗类地行星的飘浮点。

第一条路线会更接近巨大的泰坦星，嫦娥星舰很可能被泰坦星的引力俘获，成为它星环上的一粒尘埃。第二条路线稍微远离泰坦星，但需要在塞壬星的轨道上运行 24 小时获得加速度。

李渊选择了第二条路线。

文星提出了异议："塞壬星给我的感觉非常不好。我感觉到了危险。"那是极其微妙的预感，仿佛有什么看不见的存在从文星的脚后跟攀爬而上。

李渊目光一闪："两条路线都很危险。但是，我还是觉得第二条路线相对安全一些。"

文星坚定地看着李渊："你的判断是错的。"

左西没想到看似柔和温顺的文星会如此坚定地反驳李渊，他笑了："小猫露出了尖利的爪子吗？"

李渊沉默了几秒说："在我们之前，其实有一艘星舰曾经进入过双星系。星舰最后的讯号消失在泰坦星附近。我们不能重复过去的错误。"

文星叹息，她的眼神仿佛越过了时间，面容因此有了超越她的年龄的冷漠："我们星舰最后的讯号很可能消失在塞壬星。"

左西满不在乎地笑着："两难选择吗？如果三个人的意见都不一样，李渊拥有决定权。如果我和文星的意见一致，李渊只能听我们的。所以我的意见变得最重要了。"这就是探索星舰上的领航员法则，最大限度规避错误和风险。

李渊并没有因为左西的话而生气："虽然嫦娥星舰的动力装置做了优化，但我不建议我们在摆脱泰坦星引力上耗费太多燃料，我们很可能因此根本无法抵达目标星球，在黑暗的宇宙里漂流至死。"

文星的视线落在屏幕上的塞壬星上，那个发光的小点如死神来临前浮动的白色火焰。她本能地颤抖了一下："我的感觉很不好。

塞壬星看起来只是一个已经死亡数十万年的类地行星，没有大气层，布满了陨石坑，就像是太阳系的火星。但我觉得塞壬星就像隐藏在草丛里的野兽，它总会露出它的獠牙。”

左西迟疑了一会儿，说：“我的选择和李渊一样。”

文星没有再争执：“在进入塞壬星的轨道之前，我们再停留观察一下。”领航员距离观察物越近，感知力越强。她无法改变李渊和左西目前的决策，只能提出一个折中的建议。

两周后，嫦娥星舰出现在了塞壬星附近，一路上一些小的机械和软件故障都被工程师林海和叶露修好。去除掉内心的忐忑，前半段的航行无比顺畅。双星系的探索之旅到目前为止都拥有不错的运气。

保护舱里光线极暗，文星在深睡里窥见了命运的碎片。她梦到了海，深邃湛蓝。她小时候去过海边，随同爸爸妈妈一起去东南亚的岛屿避开寒冷的冬天。温柔的海水里是成群的小鱼，沙白天蓝，让人忘记一切烦恼。那里曾经遭遇海啸，但几乎所有人都不再被死亡的阴影缠绕，健忘的人们只记得此刻的欢乐。

梦境里的小文星坐在暮色里的海边岩石上，望着大海，似乎在等待着什么。当月亮升起来的时候，她听到了遥远鬼魅的歌声。那是海妖塞壬的歌声。在神话故事里，海妖塞壬会在大雾弥漫的海上歌唱，引诱过往船只上的水手跃入大海，葬身水的深渊。

与此同时，星舰指挥台上的一个记录力场反应的屏幕上也出现了奇异的线条波动。

没有人想过，原本荒芜的塞壬星居然是一颗生机勃勃的星球。

前期所有释放的探测仪和望远镜都显示它死寂如坟场，没有丝毫生命的迹象。当嫦娥星舰来到塞壬星轨道的上方时，他们看到的一切都截然不同。

“这不可能！”李渊通过舷窗望着远处蔚蓝的星球。它的海水面积比地球的海水面积占比更大，一整块大陆出现在塞壬星的腰部，如灰绿色的腰带，让塞壬星显得越发美丽动人。

“所以我们是产生了集体幻觉？”左西问。

三个人都站在舷窗处近乎贪婪地看着眼前瑰丽的风景。

文星的眼底并没有喜悦：“一颗星球不可能一周之内从死亡到新生。它在迷惑我们，希望我们毫无戒备地靠近。”

左西点了点头：“想象一下，星舰欣喜若狂地降落在塞壬星，发现那些海水、那些植物瞬间都消失了。没有空气，没有食物，也许还藏着更大的危险。”

李渊侧过头：“有一个坏消息，塞壬星似乎存在一种我们无法检测的屏蔽力场，星舰无法对它进行更深入的分析。我们投入塞壬星的分析仪器已经失去联络。”

左西有些迟疑：“有没有可能塞壬星能够欺骗所有的机械观察，但无法欺骗人的眼睛？如果是这样的话，它很可能是一颗适合人类居住的星球。”

李渊苦笑：“我们或者说人类有这样的好运气吗？”

文星摇头：“我不敢相信。我一直在害怕，比数学考试时看到所有的题都不会做还要害怕。”

即使气氛沉重，左西还是笑了起来：“我们可以等一等。在漫长的星际旅行之后，能看到一颗与众不同的星球，还是能让心情变得轻松的。为什么总要觉得命运不给人类活路？”

李渊原本想要将塞壬星的异象向月球基地汇报，但连星舰的通信装置也失灵了。是什么力量在影响着嫦娥星舰？他不敢深想，寒意从他的心底涌出。

“现在不是我们想不想离开的问题了。我们可能无法离开，星舰在逐步失去控制。”李渊苦笑。

4. 星星的伪装

嫦娥星舰穿过塞壬星的大气层。这神秘的星球向来访者展露出了更为瑰丽神奇的面貌。雪白的云朵变幻万千，高山河流如梦中掠影，蓝色的海洋上波光粼粼，仿佛来自梦境最深处。如果这一切都是幻觉，那么什么是真实的存在？

文星没有在起居地带活动，她独自去了星舰的下一层。她不相信有什么神秘的力量能够远程操控星舰。机械按照程序运行，不可能突然被幽灵附体。她要找到的是真正的幽灵。

真正的幽灵是工程师夫妻。在星舰维修区，藏着一个超限星舰控制器，毫无疑问，是一直默默干活的林海和叶露关闭了所有和月球基地的通信，也伪造了塞壬星死寂的一切资料。

“所以，我们的目的星并不是其他的星球，就是塞壬星，对吗？”文星询问。

林海沉默了几秒说：“没想到最先猜出真相的是你。这次旅行的终点不是拥有两颗卫星的静海星，就是塞壬星。不管领航员的指令是什么，嫦娥星舰只会在塞壬星降落。这是月球基地授权给我的特别权限，不受领航员法则限制。”

文星忍不住追问：“所以我们三个领航员的存在有什么意义？”

“有六艘星舰都陷落在了碎冰地带，你们找到了最稳定安全的碎冰地带航线。而且在降落之后，你们还有更重要的作用。”

左西和李渊从拐角处走了出来：“什么作用？”

林海回答：“所有的领航员都表达出了对塞壬星的恐惧，所以，我们只能在塞壬星着陆，直面恐惧。你们要找到塞壬星让领航员害怕的真正原因。毕竟塞壬星的自然条件非常适合人类居住，而人类寻找移居星球的时间已经不多了。我们必须为还在地下城挣扎生存的所有人冒险勘探塞壬星。”

李渊明白林海的意思。领航员们对危险如此敏锐，也是最有可能发现危险所在的人。人类的武器如果能消灭这个危险，塞壬星就能陆续接收地球移民。

一周的时间里，嫦娥星舰初步勘探了塞壬星，向月球基地发回了加密数据。三个领航员并没有发现任何危险。塞壬星没有任何智慧文明的存在，拥有茂密的植被、清洁的水流，空气成分和地球的极为相似。李渊甚至觉得它就是神灵恩赐给人类的美好花园。嫦娥星舰将详细的塞壬星的数据发回了月球基地，然后静待第二批探索舰队的到来。

文星和左西坐在海边的岩石上，望着蔚蓝的大海，感受着柔和的海风。

“我真的很想念卡尔，它已经很老了，大概只有不到五年的寿命，我希望陪伴着它，直到它在我的怀里离开。”左西说。

“我也很想我的爸爸妈妈。但是，左西，我已经很久没有做梦了。”文星说。

“不做梦不好吗？”

“我小时候梦到的一些事情都会变成现实。严格来说，我不太符合领航员天赋测试的标准，更像一个蛮荒时代的部落先知。我还记得我最后一个梦。我梦到了海妖塞壬。这并不是一个好兆头。”

左西凝视着文星：“所以？”

文星若有所思：“所以，我们一定是忽略了什么关键的事情。”到底是什么关键的事情呢？

左西的脸上渐渐浮现出了恐惧的神色，宛如乌云聚集在暴风雨到来前的天空：“你刚才说，你已经很久没有做梦了，但你以前都会做梦。”所以，他们三个人进入塞壬星，林海发回的塞壬星数据会不会都是假的？也许他们的星舰还停留在塞壬星的轨道上方，所有的人都坠入了塞壬星的陷阱。

文星明白了左西的意思：“所以，我还在做梦。我们都在做梦。我们梦到我们进入了塞壬星，甚至在勘探后向月球基地发回了所有的数据——”

塞壬星轨道上方，嫦娥星舰如轻盈的潜艇停留在那里。三个领航员躺在地板或坐在椅子上熟睡着。维修区的工程师林海和叶露也昏睡不醒。他们看起来都有些形销骨立，漫长的睡眠让他们渐渐向死亡的深渊滑落。

坐在椅子上的文星突然剧烈地咳嗽了起来，她吃力地睁开了双眼，挣扎着爬进了保护舱。保护舱检测到了文星的身体处于危险状态，进入了急救程序。

半小时后，恢复了部分体力的文星将其余四人都拖入了保护舱急救。她查看了航行日志。他们来到塞壬星轨道上空后并没有向月球基地发送任何讯息。

文星果断地将嫦娥星舰的遭遇以最快的方式向月球基地发送了出去。这颗星球居然能这么远距离将星舰里的所有人拉入深睡，它仿佛拥有意志，拒绝所有异乡人的接近。不过，如果月球基地的人能想到办法克服这种可怕的催眠力量，塞壬星也不是不可以移民。

文星的个人终端响了一声，是爸爸妈妈录制的家庭视频。

屏幕里，爸爸妈妈消瘦了一些，眼底充满了担忧："小星，距离上一次通信，你们已经延迟了五天，我们很担心你们的安危。我们一切都好，你不要担心。"

文星的脑海深处掠过一些奇异的画面。爸爸妈妈过得并不好，不少地下城出现了损毁，食物和水越来越紧缺。

文星眼底的哀伤渐渐淡去，眼神变得越发坚定。

她听到身后传来脚步声，缓缓转过头："李渊，左西，我已经向月球基地发回了我们所有的路线数据，还有塞壬星让人陷入幻觉沉死的秘密。"

左西苍白瘦削的脸上有着淡淡的笑容："还好我们醒了过来。

领航员只要醒过来了，就很难再莫名其妙陷入这样的梦境。”就像是被未知病毒感染又痊愈的人会拥有对这种病毒的抗体。

李渊发出了邀请：“要不我们让嫦娥星舰离塞壬星远一点。然后我们三个人乘坐星舰的小型飞船，真正降落到塞壬星，勘探后向月球基地传回更有用的数据。”

文星和左西对视：“我们已经迫不及待了。”

嫦娥星舰开始缓慢地远离塞壬星。从它的腹部钻出的小小的勘探飞船轻盈地驶向塞壬星。勘探飞船进入大气层，穿过雪白的云朵，在大雨里掠过高山的脊背。这里没有剧烈爆发的火山和频繁的地震，这里宛如梦境深处的伊甸园。不久之后，穷途末路的人类即将进入这里，他们不会一帆风顺，甚至会遭受痛苦与分别。

危险无处不在，率先进入塞壬星的三个领航员也许不会等到他们想要见的人。

第一个离开林地，直立行走的类人猿也不会因为惧怕危险停下脚步。它身后的林地已经充斥着雷电带来的大火，它只能向未知的世界发起挑战。

《科幻世界》（少年版）2020 年第 6 期

精彩点评

这篇作品讲述了代表人类最后希望的七艘小型星舰，去外太空寻找适合人类生存的新星球的故事。本是很寻常的科幻小说内容，但作者却另辟蹊径，将故事的情节设计在人类依然无法解释机制原理的梦境的意识结构内。

作者将浪漫幻想和惊悚悬疑相结合，尤其是“梦境”与“现实”、“真实”与“虚幻”的融合。主人公文星，是一个十三岁的女孩，拥有领航员天赋并是唯一可以接触星网的人。她数次游走于梦境与现实之间，“梦”让文星在碎冰地带选择了第四条路线；“梦”让文星看到了复杂优美的方程式——可以计算出安全的航道路线图；“梦”让文星在离开碎冰地带选择路线时提出“停留观察”——成功避开了塞壬星的第一次陷阱；“梦”让文星找到了星舰上的幽灵工程师夫妻，知晓人为陷阱——冒险勘探塞壬星，直面领航员恐惧；“梦”让文星惊醒，摆脱塞壬星第二次陷阱——让人陷入幻觉沉死的秘密。这一切，究竟是梦还是宇宙星网给文星讯息的方式？在脏冰陨石群中，星舰上的人时而真实，时而虚幻，这究竟是文星的梦境还是处在不同的时间流或空间流中造成的诡异变化？作者没有说，却给读者无穷的想象空间。

这部科幻作品不但充满天马行空的科学幻想，更有对未来人类到达伊甸园塞壬星后的诸多挑战，写意般地为读者勾勒出一个未来征服大宇航时代的新“地球”世界——人类起源。

深圳南山名师工作室主持人、科幻阅读推广人　邓玉琳

纸牌星人再次来到地球

◎ 何　涛

本文为日本科幻作家星新一先生作品《猫》的续作。

纸牌星人梅花 K 曾经来过地球。那一次，他遇到了 S 先生家的猫，认为猫是地球上的统治者，就把这些写进了报告里。

纸牌星最高委员会看过报告以后，认为结论不可信，把梅花 K 训斥了一顿，命令他再次来地球做详细考察。

梅花 K 又一次驾驶飞船来到地球，他在空中四处游荡，仔细搜寻每一栋房子。最终他发现，将近一半人类的房子里有猫，另外一半没有猫的房子里却有另外一种四足生物——狗。梅花 K 不敢再相信猫的话，就挑选了郊外一栋只有狗的住宅，准备再做一次调查。

飞船刚刚降落到地面，房间中的狗就听到了动静，汪汪大叫起来。女主人出来查看，刚刚打开门，就看到了走出飞船的纸牌星人。

纸牌星人的体型与人类成年人差不多，但相貌和人类区别很大，躯干看上去类似扑克牌，还带有或梅花或黑桃或方块等图案，而且手臂很长很柔软，就像章鱼的脚那样长。

女主人被吓坏了，尖叫一声，就倒在地上昏了过去。梅花 K 感觉有点尴尬，因为他的相貌已经吓倒了很多星球上的生物。

狗冲出房门，守在昏迷不醒的女主人身边，冲着纸牌星人汪汪大叫。梅花 K 取出心灵感应交流器，说道：“你好，我是纸牌星人梅花 K，我没有恶意，只是想谈一谈。”

狗听懂了梅花 K 的话，蹲下来开始摇起了尾巴：“原来您是外星人，真是稀客。”

梅花 K 点点头：“是的，我来自遥远的纸牌星。”

“来自远方的客人，欢迎，欢迎。”狗彬彬有礼地把纸牌星人引进客厅，又叼来自己心爱的肉骨头放在纸牌星人面前，“这是我最心爱的肉骨头，非常美味，正好拿来招待贵客。”

梅花 K 表示感谢，但没有敢品尝那根肉骨头，因为纸牌星人的身体构造和地球生物差别很大，他不确定自己能不能吃地球上的食物。

狗坐在梅花 K 面前，摇着尾巴问：“来自纸牌星的客人，请问您来到地球有什么事吗？”

梅花 K 回答：“我是纸牌星的调查员，专门巡视有生物居住的星球。”

狗点点头说：“原来是这样，那真是一份辛苦的工作。”

“那么，现在我开始提问，你们狗和人类，谁才是这颗星球的统治者呢？”梅花 K 首先就提出了他最为关心的问题。

“真是一个严肃的问题，看来我要认真回答。”狗思索了一会儿，才答道，“我已经仔细想过了，这颗星球没有统治者。”

“没有统治者？”梅花K被搞迷糊了，困惑地问，“怎么会没有统治者？据我所知，每一颗有生物居住的星球都有统治者。”

“请您听我解释。”狗抬起前爪摇了摇，“狗、猫、人类，此外还有许许多多的生物，我们共同生活在地球上，但没有任何种族能够统治这颗星球。”

“为什么？”梅花K仍然感到难以理解。

狗耐心地解释道：“如果您仔细考察过地球的历史，就会发现，人类在地球上出现至今仅仅有几百万年，狗出现的比人类还要晚，而地球的年龄已经超过四十亿年了。在我们狗和人类出现之前，地球上就生活着许许多多生物，比如三叶虫、恐龙、半壳龟、猛犸象、剑齿虎，等等，这些生物先后灭绝，而地球依然存在。或许，很多年之后，人类和我们狗也同样会灭绝，但是，地球仍然会存在下去。”

说完这些，狗抛出了最后结论：“所以，我认为，地球没有统治者。”

“我明白了，你的话很有道理。”梅花K被狗的言论打动了，若有所思地点着头，又问道，“那么，我还有一个问题，你们和人类，谁才是主人呢？”

狗摇摇头：“狗和人类都不是主人。我们狗和人类是共生关系，人类离不开我们，狗也离不开人类，我们的地位是平等的。”

“这么说，人类并没有统治你们？”

“没有，没有。我们狗负责看家，人类负责给我们提供住所，准备食物，打扫粪便，事情就是这样。”

“真令人吃惊！”梅花 K 连声赞叹，从怀里取出一件仪器，补充道，“不过，为了调查的准确性，我还要用测谎仪来测试一下，希望你能理解。”

“没问题，请测试吧，我说的全部是真心话。”狗自信地点着头。

经过测试，梅花 K 最终认为：狗确实没有说谎。

得到了答案，梅花 K 满意地起身告辞。狗把对方送出门外，看着他乘坐飞船飞上天空后，才回到仍旧昏迷不醒的女主人身边，耐心地等待女主人醒来。

“这颗星球上没有统治者。”梅花 K 决定把这句话写进报告里，并准备向最高委员会提出建议：所有生物都是平等的，生物和星球之间并不存在统治与被统治的关系。

《课堂内外》（小学版）2020 年第 6 期

精彩点评

《纸牌星人再次来到地球》用区区不到 1700 字完整地讲了一个酷似童话的科幻故事。故事的起因是纸牌星最高委员会委派纸牌星人梅花 K 到地球，针对上次到地球调查的不可信结果再次核实；故事的经过是通过梅花 K 与狗的对话，得出地球没有统治者的结论；故事的结局是梅花 K 向最高委员会提出建议：所有生物都是平等的，生物和星球之间并不存在统治与被统治的关系。结构简单，浅显易懂。

这篇微型小说是日本科幻作家星新一先生作品《猫》的续作。首先，作者对《猫》的故事情节烂熟于心，对全文旨意透彻理解后，围绕中心事件构思了一个新的情节；其次，作者继承了星新一先生的写作风格：构思新颖、结构精巧、篇幅短小、言简意赅；最后，作者承接星新一先生《猫》的问题，人是地球上的统治者吗？不是，人不配做地球上的统治者。因为人不够善良，不是“和平的种族”，至少远逊于猫——“真令人吃惊，像这样和平的种族所统治的星球，我还从未见过。我祝愿你们能永远统治下去！”人连猫都不如——这既是讽刺，也是警示。

而《纸牌星人再次来到地球》中，作者再次提出，地球上的统治者是谁？这个问题似乎不值一答——这难道还有疑问？但作家的使命，往往就是给我们带来一些新鲜的“发现”或看法。在本文里，地球上没有统治者，这是狗的观点。它有什么根据呢？纵观地球的历史，“人类和我们狗也同样会灭绝，但是，地球仍然会存在下去”“所以，我认为，地球没有统治者”。因此，作者说“我们狗和人类是共生关系，人类离不开我们，狗也离不开人类，我们的地位是平等的”，这表达了作者的创作主旨：所有生物都是平等的，生物和星球之间并不存在统治与被统治的关系。

相比较而言，星新一先生作品《猫》更具有反讽意义，而《纸牌星人再次来到地球》则表达了作者的美好意愿。

深圳南山名师工作室主持人、科幻阅读推广人　邓玉琳

偷铅笔的人

◎王　元

耿乐乐的铅笔又丢了。

丢一支铅笔不是大事，接二连三丢铅笔就不是小事了。如果是恶作剧，始作俑者也应该站出来坦白；如果不是恶作剧，这就成了赤裸裸的盗窃，性质已经不同。耿乐乐想不出来自己最近得罪过谁，他在班里跟同学相处得一向很好。一定要指出某人嫌疑最大，耿乐乐只能想到那个人。

下午就要交作业，无奈之下，耿乐乐只好向死党邵旭东借铅笔，没想到邵旭东说："我正打算找你借呢。我的铅笔明明在桌兜里放着，大课间我去操场跑了两圈，回来铅笔就不翼而飞了。"

"大东，"耿乐乐说，"'不翼而飞'这个成语掌握得很好啊。"

"都这样了，你还有心情开玩笑。"

"放心，我已经胸有成竹。"这下耿乐乐确定就是那个人所为，只有他视邵旭东为眼中钉，耿乐乐则可能是跟邵旭东走得太近，受到牵连。

放学之后，耿乐乐和邵旭东一起来到校门口的小卖部买铅笔。小卖部的老板是个老爷爷，他似乎总是坐在门口打盹，但是有人进来和出去他又总能神奇地睁开眼睛，扫一眼你从架子上拿的文具或零食，准确地报出价格，利落地收钱找零，然后继续打盹。他似乎根本没有睡着，又永远不会醒来。耿乐乐毫不怀疑，如果老爷爷正在做梦，也能无缝对接。两个人买好铅笔，耿乐乐拿出小刀在铅笔上刻下“GLL”，然后把小刀递给邵旭东，后者刻下“SXD”。看着署了自己名的铅笔，两个大男孩相视一笑。

“肯定是他干的。”离开小卖部后耿乐乐把自己的猜测告诉邵旭东。

邵旭东低头看着快要被大脚趾顶破的旧球鞋，想了想说：“会不会是有人跟我们闹着玩？”

“他都那样欺负你了，你还向着他说话。农村出来的就是淳朴。”耿乐乐说完，又连忙道歉，“对不起，我不是那个意思，我是说你的心地太善良。你想想看，如果是有人跟我们闹着玩，拿走我们的铅笔，那么第二天，最多第三天就应该还给我们，这才叫闹着玩。但是你买一支铅笔就丢一支，这就是偷窃；比偷窃更严重，这叫作连续作案。除了他，我想不出谁还会干这种丧尽天良的坏事。”

“坏事就已经到位，‘丧尽天良’有些过分了啊。”

“你不痛心吗？你不愤怒吗？”

“我们没有证据，不能随便冤枉别人。”邵旭东语气很轻，但满是责备。耿乐乐知道邵旭东不会介意自己刚才说他是农村人，但邵旭东心里难免会有一些不快。

耿乐乐人小鬼大，立刻察觉到邵旭东的情绪，连忙找了一个开心的话题岔开邵旭东的注意力："这次校运动会，你一定要替我们班夺得一枚金牌啊，让我们实现零的突破。你要知道，你没来之前，我们班跑步的最好成绩是第三名，就是他取得的。"耿乐乐及时打住，没想到又说到那个人，仿佛他是一个绕不开的话题。

邵旭东是去年冬天转到这个学校的，他父母从农村来城里务工，他就跟着转到城里来读书了。

邵旭东刚转来的时候，本就性格内向的他非常腼腆害羞。不久又因为他的方言口音遭受到一些同学的嘲笑，这之后他就更加沉默寡言了。是热情开朗的耿乐乐主动接近他，帮助他，才使邵旭东逐渐放开，慢慢融入这个集体。他们两个人也成了无话不谈的好朋友。

下个月学校就要举行春季运动会，耿乐乐帮擅长跑步的邵旭东报了名。如果他可以拿一枚金牌，就替他们班扬眉吐气了，每个人都会对他刮目相看。邵旭东为此努力练习，此刻听耿乐乐这么说，他内心又燃起斗志，恨不得立刻去操场上酣畅淋漓地跑几圈。两个人说说笑笑，便把丢铅笔的事抛到脑后。少年的烦恼总是来得快，去得也快。

直到第二天，耿乐乐的铅笔又丢了。

耿乐乐坐到邵旭东座位旁，告诉他这件事。邵旭东连忙打开铅笔盒检查，他的铅笔也丢了！耿乐乐朝那个人的座位瞟了一眼，是空的，不在教室。耿乐乐在邵旭东耳边悄声低语几句，两个人轻手轻脚地离开了教室。

“一定是他偷了我们的铅笔，他现在肯定在想办法把铅笔藏起来。我们只要找到他就能人赃并获。”耿乐乐拉着邵旭东的手，边走边给他解释。

两个人，四只眼睛，搜罗一个目标。

“我找到了。”邵旭东发现后说，耿乐乐顺着邵旭东手指着的方向看见一群人在围着一个人拍手叫好。他们走近一看，发现那个人正在向众人展示他的新玩具——变形金刚。

“张康，你爸爸可真有钱。”耿乐乐对玩具的主人，也就是他们一直怀疑的对象说。

“当然了，这个变形金刚可是限量版，有钱也不一定能买到，这可是我爸托人从美国买的。”张康说完才发现刚刚说话的是耿乐乐，语气陡然一变，说，“我让你看我的玩具了吗？不许看！你和你的农村小跟班都不许看。”

张康这么一说，大家都笑了。

耿乐乐气愤地说：“谁稀罕看呀！”说完拉着邵旭东走开了。

“我觉得不像是张康干的，他家那么有钱，上个月他还拿来一架遥控飞机。据说那架飞机好几百块呢。不小心被别人玩坏之后，他不但不心疼，也没要求赔偿。你说这样的人，有必要偷我们五毛钱一支的铅笔吗？”

“那还能有谁？”耿乐乐刚说完，就跟低着头走路的王晓泽撞了个满怀。耿乐乐刚想发火，突然听见“叮当”一声，一支铅笔掉在走廊的水泥地上。邵旭东眼疾手快，快速捡起来后发现正是他昨天刚买的铅笔，上面还刻着他名字的首字母缩写。

“怎么会是你？”耿乐乐和邵旭东都是一惊。王晓泽可是他们的班长，无论如何，耿乐乐也想不到平时自诩正义化身的班长会做出这样偷鸡摸狗的事情。

“求求你们，不要告诉老师，不然我这个班长肯定当不下去了。”王晓泽诚恳地乞求着，那样子一看就是有什么难言之隐。

“不告诉老师可以，但你得告诉我们为什么要偷我们的铅笔。”耿乐乐说。

“你们？我只偷过邵旭东的，从来没有偷过你的啊！”王晓泽看着耿乐乐理直气壮地说。

“那我只有告诉老师了。”耿乐乐恐吓道。

“我真的没有拿过你的铅笔。”王晓泽信誓旦旦地保证。

“我看班长没有说瞎话。”一旁的邵旭东说。

“你怎么还替他说话？”耿乐乐有些不高兴。

“班长，你告诉我们到底是怎么回事吧。”邵旭东的语气里没有丝毫责怪，反而有一些信任的温暖。

“因为张康。”

王晓泽刚说了这四个字就被耿乐乐打断：“你看，我就说跟他脱不了干系。但是就算是张康指使你干的，你为什么要听他的话呢？你可是一班之长啊。”

“上个月张康带来一架遥控飞机，我觉得新奇，就凑上去想玩。可是没想到刚玩一会儿，不知从哪儿又飞来一架遥控飞机，我当时慌了，不知道怎么操纵，不小心竟然跟那架遥控飞机撞上了……张康的遥控飞机当场就掉下来摔坏了，另一架遥控飞机摇摇晃晃地朝着操场的梧桐树那边飞去……我知道张康的遥控飞机价值不菲，心里慌了。后来张康跟我说，可以不用赔偿，但是需要帮他做一件事。”

“偷我们的铅笔。”耿乐乐总结道。

“你说对了一半，是偷邵旭东的铅笔。我真的没有偷过你的铅笔。好了，我知道的都坦白了，一会儿我就去找张康，我宁愿赔他昂贵的遥控飞机，也不愿意再做这种偷鸡摸狗的事。”王晓泽说得那么斩钉截铁，让人不得不相信他。不过，最后他又强调了一句：“希望你们给我保密，我还想当班长。”

耿乐乐和邵旭东都当着他的面做了保证，王晓泽才离开。王晓泽刚走，耿乐乐就叫住他，吓得他立刻说：“怎么，你们反悔了吗？”

“铅笔，你手里还拿着邵旭东的铅笔呢。”

王晓泽不好意思地笑笑，把铅笔还给了邵旭东。等他走远，耿乐乐才望着他的背影说：“如果不是他，还能有谁呢？”

那天之后，邵旭东的铅笔再也没有丢过，耿乐乐也看见王晓泽跟张康在争执什么，大概意思是王晓泽已经帮张康干了几次“伤天害理”的事，要求在赔偿遥控飞机时价钱比售价低一些，算是折旧。耿乐乐对他们的交易没有兴趣，也没有时间关注，因为他的铅笔仍然在不断失窃，其中包括邵旭东借给他的几支。铅笔在邵旭东那里安然无恙，一借给他就被偷了，明摆着是针对他。看来，他才是那个人的目标。

而比丢铅笔更蹊跷的事接踵而至。这天微机课上，耿乐乐和其他同学一样按照老师的要求进行“复制”“粘贴”这类最基本的操作时，屏幕上突然弹出一个对话框：

“耿乐乐，你好。”

耿乐乐非常吃惊，要知道机房里的电脑除了授课老师那台，其他的都没有联网。开始耿乐乐以为是谁在局域网里发起聊天，很快他就意识到自己错了，班上的同学对电脑大多都是一知半解，只有他从小受自己的程序员爸爸影响，对电脑操作比较熟练一些。在局域网里发起聊天这种事，班里其他的同学都没有能力操作，除非是微机老师。耿乐乐借问问题走到老师旁边，老师急忙关掉一个页面。耿乐乐发现那是某个单机游戏，这说明老师的嫌疑也撇清了。那到底是谁发的信息呢？

耿乐乐连忙跑回座位上回复：

“你是谁？”

“我是谁并不重要，我只是想说声‘谢谢’。”

“谢什么？”

“谢谢你的铅笔。”

“我不明白。”

“未经你的允许，我使用了你的铅笔。可我知道，你一定不会介意。”

“我很好奇，你是怎么定义‘使用’的？通常来说，我们管这种行为叫作‘偷窃’。而且，我非常，非常介意。你最好现在就出来跟我解释清楚，这样我还会考虑好心原谅你一次。”

“抱歉，我不能见你，但你的铅笔，我会继续使用。”

“你到底是谁？”这无疑是一种挑衅，耿乐乐气急败坏，竟然把电脑当成那个人开口质问，全班同学都纷纷看向他，微机老师让耿乐乐出去罚站。

出门之前，耿乐乐看见张康幸灾乐祸的笑脸，心里又升腾起一阵怒气："别得意太早，我迟早会揪出你的！"

耿乐乐还没来得及找张康麻烦，王晓泽就把他和邵旭东拦住了。王晓泽脸涨得通红，喘气不匀，明显是在生一个很大的闷气。

"你们两个怎么说话不算话呀？"王晓泽对一头雾水的两个人劈头盖脸指责道。

"怎么了？"耿乐乐无辜地问。

"装什么装，班主任知道我偷邵旭东铅笔的事了。"

耿乐乐和邵旭东互相看了一眼，纷纷摇头表示不是自己说的。

"别装了，我算是看错你们两个了。"王晓泽怒气未消。

"是班主任告诉你，是我们两个把你告发的吗？"耿乐乐问道。

"还用班主任说吗，除了你们两个谁还知道这事？"

"张康啊。那天你跟张康争执赔款多少的问题，最后达成一致了吗？"耿乐乐这么一说，王晓泽才如梦初醒。

"我上次就想问你，为什么张康让你偷邵旭东的铅笔？"耿乐乐继续问道，每个问题都把矛头指向了张康。

"是因为一双跑鞋。"

"一双跑鞋？"耿乐乐和邵旭东更诧异了。

"是啊，你们不说我都忘了。你们还记得我们上个月作文课，题目是《我的愿望》吗？老师让每个人站在讲台上念自己的作文，邵旭东的愿望就是当一名运动员，而且，邵旭东一直想要一双跑鞋。为此，你一直在攒钱，对吧？”最后一句话王晓泽转向邵旭东。邵旭东点点头，这的确是他当时作文的内容。

“我都没注意这些，张康居然记住了。”耿乐乐说道。

“是啊，我记得你说你的愿望是当一名宇航员，可是你说的那些具体细节我全都记不起来了。我也只是记得邵旭东想要当运动员，什么为减轻家里负担不跟父母伸手要钱，什么为买跑鞋攒钱啊根本没印象。这些都是张康告诉我的，张康说，如果我偷了邵旭东的铅笔，邵旭东就会花钱去买新的，虽然一支铅笔没多少钱，但长此以往，累积起来也不是一笔小数目。”

“是啊，我当时说当宇航员，很多人还笑话我不切实际呢。但是邵旭东买跑鞋碍着张康什么事了，这完全不挨着啊？”

“运动会啊。以往我们班都是派他参加跑步比赛，现在有了邵旭东，就对他造成了威胁。”

“我光着脚也能跑得过他。”邵旭东愤愤不平地说。

“可是学校不会允许你光脚参加比赛的。”王晓泽指出问题所在。

耿乐乐心想：如此看来，张康的目标就是邵旭东，跟自己丝毫无关，那么到底是谁偷了自己的铅笔，难道自己想当宇航员的梦想也妨碍到别人的愿望？耿乐乐想不通这点，铅笔仍然在丢，看来那个人丝毫没有罢手的意思。

体育课上，其他同学都在积极地参加运动，有的踢足球，有的玩跳绳。耿乐乐一开始玩跳绳，但心不在焉地，这让他总是被绳绊住，同学们就让他负责摇绳。可他根本无法集中注意力，总是绊住别人，同学们就不让他玩。他也不想玩。

这些天来，因为丢铅笔的事，他劳神费脑，已经开始影响到学习成绩，好不容易积攒的压岁钱都快要因为买铅笔花光了，最惨的是，买来的这些铅笔，他一支都没有用完。想到这里，耿乐乐更是气不打一处来。他灵机一动，想到体育课教室没人，那个小偷也许会趁机潜入教室行窃，他越想越兴奋，立马跑回教室。他小心翼翼地藏在教室门后面，侧耳聆听，果然听到一些动静。他悄悄把脑袋移到门上的玻璃窗前，却发现了不可思议的一幕——平整的课桌上，他的铅笔盒在不规则地晃动。

他正准备开门进去，却发现门已经上锁，钥匙在班长手里。他来不及找王晓泽，想爬窗进去，两只脚刚蹬到外面的窗台上，就听见有人叫他，回头一看竟然是班主任。

就这样，小偷没抓到，他反而被当成小偷，被班主任扭送到办公室。耿乐乐好不容易编了一个肚子疼的谎话，说回教室是为了从书包里取药，班主任这才放他走，还叮嘱他下不为例。班主任一定是从张康那里得知偷铅笔的事，才在这里盯梢，没想到抓住耿乐乐这个受害者。

等班主任训斥完把他放回来，耿乐乐连忙跑到教室打开铅笔盒，铅笔照例不见了。

再也不能坐以待毙，要主动出击。这已经不是铅笔的问题，这事关压迫和反抗，事关一个男孩的尊严。

耿乐乐把邵旭东和王晓泽叫到一起，将整个事件前后分析了一通：他和邵旭东丢铅笔都是在那次作文课之后，而王晓泽偷邵旭东的铅笔是因为把张康的遥控飞机撞坏了。作文课，撞坏的遥控飞机。对了，遥控飞机！电光石火间，耿乐乐想到这点。

“王晓泽，我记得你说过，你那天玩张康的遥控飞机，是被另一架飞机给撞坏的。但是怎么会出现另一架飞机呢？这种飞机都是遥控的，玩飞机的人一定会让飞机出现在自己的视野里，如此才能操作。说不定找到那架飞机，就能揭开谜底，最起码会有一些线索。走，快带我去你说的那棵梧桐树。”

耿乐乐说完，就让王晓泽在前面带路，自己和邵旭东跟在后面。

“是这棵吗？你确定？”耿乐乐指着面前这棵需要两个人才能合抱的梧桐树问道。

“是的，我记得上面有一个鸟巢。就是这棵。”王晓泽笃定地说。

“好，爬树。”耿乐乐说完看了王晓泽一眼。

“你看我干什么，我可不会爬树。”王晓泽退缩道。

“让我来吧，小时候在村里，天天不是上树就是下河。”邵旭东说着脱掉校服外套，连那双破球鞋也脱了下来。耿乐乐这才发现，这已经是一双名副其实的破球鞋，鞋头张开了嗷嗷待哺的大嘴。

耿乐乐正在为此感伤，就听见邵旭东欢快的声音：“这里有一架飞机，乐乐，你的铅笔也在这里，但是——”

等邵旭东从树上下来，耿乐乐才明白邵旭东刚才为什么戛然而止——那些铅笔，所有的木壳还在，但笔芯全部不翼而飞。

“把这个给你吧。”邵旭东把飞机给了耿乐乐，耿乐乐差点没接住，他没想到不过一本字典大小的飞机模型竟然比体育课上投掷的铅球还重。

耿乐乐住的六层的居民楼，是20世纪80年代的建筑，没有电梯，而他家又住在顶层。以往耿乐乐爬到六楼，最多就是做几个深呼吸就恢复了体力，这次拎着书包里的飞机模型，每爬一级台阶都感到非常吃力，中途几次坐下来休息。以往爬一分多钟就能走完的路程，这次却用了五六分钟，等走到六楼，来到家门口时，已经累得气喘吁吁满头大汗，母亲见状责怪他放学不回家跑出去玩。

吃完饭写完作业，耿乐乐回屋反锁上卧室的门。这是一个典型的十岁男孩的房间，玩具凌乱地铺了一地，只是他的玩具不是汽车或者皮球，而是望远镜和地球仪，墙上贴着《长江七号》和《外星人 E.T.》的海报。耿乐乐把飞机模型搬到床上，蒙上被子打开手电研究。这个模型做得非常逼真，但是跟他见过的玩具相比却截然不同：这个模型没有机翼，侧翼和尾翼都没有，挡风玻璃也没有，而且找不到通常意义上的舷窗和登机门，就好像是一个飞碟形的铁块。如果不是他亲眼看见邵旭东从鸟巢中把这家伙拿下来，耿乐乐真不相信这玩意儿能飞起来。

没一会儿，他就关了手电裹着被子睡着了。

睡梦中，他感到有人在抚摸着他的身体，猛地惊醒，发现是被子压在他的身上。他急忙打开手电，发现那个飞机模型竟然飞起来了。

飞机模型似乎动力不足，摇摇晃晃，连一层薄被都挣脱不了，不断上升和下降，弄得罩着它的被子就好像一张大嘴在不停张合。

耿乐乐顿时明白了，这个飞机模型不是靠遥控操控的，而是里面有某种生物在操控。

耿乐乐借着手电的光，一把抓住飞机模型。飞机模型几次要从他手里飞起，都被他死死摁住。耿乐乐第一个念头就是这个飞机模型一定有问题。他把飞机模型按在肚子上，穿着背心短裤光着脚一溜烟儿跑到卫生间，那姿势和速度，不知道的还以为他是肚子着凉憋不住了。

耿乐乐对着飞机模型威胁道："你如果不出来，我就把飞机塞进马桶里。"

毫无反应。

耿乐乐打开了马桶盖子。

耿乐乐举起了飞机模型。

耿乐乐猛地松开了手，飞机模型就在碰到马桶里的存水时轻轻一点再次起飞。耿乐乐挥舞着双手，好不容易才抓住它。他知道刚才的威胁产生了作用，这次双手紧紧抓着挣扎的飞机模型往马桶里送。突然他感受到了一种前所未有的奇妙感觉，他本来想说"看你还不老实"，这六个字就像是六只苍蝇一样飘浮在他面前。他心里想着"怎么会这样"，紧接着这五个字也显现出来。就好像凭空出现一个对话框一样，他的思维被展示出来了。

耿乐乐突然想到微机课上那个对话框。

"耿乐乐，你好。"

对方仿佛看透了他的心思，对话框里出现了和上次一样的开头。

“你是谁？”不用张嘴，耿乐乐心里想说的话就浮现了出来。

“事到如今，我只好跟你坦白交代。我叫阿布，来自半人马座。我乘坐宇宙飞船……”

“什么，这不是飞机，而是飞船，不是模型，而是真的？”

“很奇怪吗？啊，我知道了，你们人类以往固有的观念导致你们认为飞船都是庞大无比的，而外星人都是稀奇古怪的。看，你的心里承认了。我首先还是要像上次那样谢谢你。我的飞船遭遇事故，用你们地球历法计算是在两个月之前。然后在上个月又不慎撞到一架飞机模型，导致搁浅在鸟巢里。”

“可是你为什么要偷我的铅笔呢？”

“我正要说到这一点。石墨具有熔点较高、稳定、耐腐蚀的性能，是良好的中子减速剂，铀－石墨反应堆是应用较多的一种原子反应堆。我的飞船缺少了石墨，所以就偷了你的铅笔。”

“你是说我的铅笔可以满足宇宙飞船的需求？”

“没有那么简单，作为原子反应堆用的石墨纯度要求很高，杂质含量不能超标。铅笔中石墨的纯度差得太远了，里面都是一些黏土，一支铅笔仅仅只能提炼零点几毫克纯石墨。因此才会需要这么多支铅笔，但目前看来还是远远不够，我刚才已经开到最大动力，可连你双手的握力都无法挣脱。”

“那为什么只偷我的铅笔？”耿乐乐“说”出了憋在心头已久的问题。

“有一天你会知道答案的。”

“你是来侵略地球的吗？”耿乐乐心里刚想出了这个问题，阿布已经给出了否定的回答，等耿乐乐心里想“那你来这里做什么”的时候，阿布给出的答案是简单而让人意外的：“旅行。”

飞船停泊在洗手池边，舱门打开，走出一个不足十厘米的小人。跟耿乐乐想象的不同，他没有穿着宇航服，甚至没有穿着明显的衣服，只是缠绕着一根白色的布条。他的皮肤看上去就像是粗糙的大理石，眼睛的部位深陷，没有眼白和眼球，至于嘴巴，根本不存在，四肢的比例倒是与人类相仿。他高高跃起，跳入耿乐乐掌心，仿佛为了让耿乐乐可以更仔细打量自己。

耿乐乐从小就幻想能够遇见外星人，但是真正看见的那一刻，他反而有些失落，没有美梦实现的感觉。他做了几个深呼吸，目不转睛盯着小人，仿佛宇宙之间只剩下他们两个。

第二天一放学，耿乐乐就迫不及待地回到家里，跟阿布聊天，或者说谈心。这是真正意义上的谈心。

耿乐乐把学校发生的事绘声绘色地讲给阿布听，讲邵旭东、王晓泽和张康这几天发生的事：邵旭东为了迎接即将到来的运动会，每天都在拼命练习，王晓泽还在为赔偿张康遥控飞机的事而头疼，张康则总是想让别人都围着他转。

阿布对自己撞坏张康的遥控飞机而让王晓泽承担这个错误感到非常抱歉，阿布还说他来到这里的时候，就读取了学校所有人的心声，邵旭东的心灵是最纯洁的，没有一丝私心杂念。

“那我呢，我有私心杂念吗？”耿乐乐不服气地“问”道。

“你的私心是，你不愿意我离开这里。”

耿乐乐一时无语，他的确喜欢阿布。

阿布开始给耿乐乐讲他的星际旅行见闻，耿乐乐不仅听得入迷，还可以借助阿布的眼睛看见浩瀚的外太空。不同于地球人是碳基生物，阿布是一种硅基生命体，可以通过眼睛将所看到的画面存储下来，然后将这些景象进行转化，投放在耿乐乐眼前，耿乐乐就像看电影一样看着阿布的记忆。

“太奇妙了。”

“我相信，总有一天你也会亲眼看到这一切的。”

“讲讲你的家乡吧。”

“我的家乡位于太阳系 4.2 光年之外，我们所在的星系有三颗太阳，我们行星的环境非常恶劣，时而天寒地冻，时而烈火燎原，所以才进化出我们这样的硅基生命。你们人类这样的碳基生命根本无法在那样的环境中生存，更别提发展文明。我来到地球之后，接触过许多思想——物理学家的思想、科幻作家的思想，知道你们有些人对外星文明充满敌意，你们在恐惧。我游历过大半个银河系，遇见过诸多文明，大部分文明都是怀有善意的，即使有恶意，顶多也是把我拒之门外，不会群起攻之。因为希望是文明的根本。”

“我希望能够成为一名宇航员。”

“我知道。”

耿乐乐把阿布的事情跟邵旭东分享，邵旭东感受到耿乐乐的喜悦，同时也体验到他的忧伤，阿布要离开地球还需要许多铅笔，而耿乐乐就算花掉所有的压岁钱也无法满足阿布的需求。邵旭东静静地听着，没有说话。等到放学之后，他让耿乐乐在教室等着他，他独自一人走进小卖部。

“什么？你把准备买跑鞋的钱都买了铅笔？”耿乐乐看着邵旭东抱回来的一堆铅笔惊讶地问道。

“我已经跟张康说明，这次运动会让他去，跑鞋买不买也无所谓了。”邵旭东淡淡地说。

耿乐乐回到家里，把所有的铅笔都给了阿布。次日清晨醒来，飞船和阿布都不见了，耿乐乐知道，阿布已经离开自己，离开地球了。

耿乐乐有一些失落，但还是为阿布高兴，他知道自己有一天也会像阿布一样去宇宙之间翱翔。这是他的愿望，也是他的理想。

耿乐乐带着这种振奋的心情来到学校，在门口遇见王晓泽，发现他比自己更加激动，走路也是一蹦一跳的，仿佛在欢呼雀跃着什么。

王晓泽看见耿乐乐，举着一架飞机模型给耿乐乐看，说：“你看。”

“这是你买的？”

“这是张康的。”

“我的意思是你买了一架新的赔给张康吗？”

“不，我的意思是这就是张康那架，昨天晚上还坏着呢，早上起来我一看就完好如初了，真是神奇啊。”

耿乐乐知道那不是神迹，是阿布。

同样神奇的还有张康，他带着一双名贵的跑鞋来到学校，然后走到邵旭东面前，当所有人都以为他又要炫耀的时候，没想到他双手捧着跑鞋递给邵旭东，他故意板着脸说：“我穿着有点大，又懒得去换。”

后来耿乐乐才知道，原来头一天晚上，张康仿佛做梦一般，看见了邵旭东的心理活动，是那么梦幻，又是那么真实。看到邵旭东处处为他着想，而自己却千方百计地找他麻烦，不禁感到羞愧难当。

“对了，耿乐乐，你需要那么多钱干什么？我看见邵旭东把自己攒的钱都换成铅笔给你了。”

耿乐乐笑笑，没有回答张康。

一个礼拜之后，耿乐乐收到一个快递。爸爸妈妈很奇怪，谁会给自己十岁的儿子寄东西。耿乐乐打开之后，发现是一副眼镜。耿乐乐的爸爸对着光看了看，没发现什么特别，耿乐乐戴上之后，视线中又出现了那个熟悉的对话框。

“耿乐乐，你好。”

“阿布，你好。”

“你上次不是问我为什么只偷你的铅笔吗，我现在就告诉你答案。如果我因为偷铅笔被抓住，我也希望被你抓住，因为我们有着共同的理想。我刚来到地球就读取了许多人的心声，如果我被他们抓住，他们一定会去把我解剖研究，而只有你，想要去外太空翱翔的你，让我意识到，我们本质上是一样的。”

“但是你一定也知道，同学们都在嘲笑我这个梦想，说不可能实现。”

“梦想不就是把不可能变成可能，继而变成现实嘛！如果你的梦想是早上起来喝一杯牛奶，那么梦想还有什么价值？永远不要怀疑自己，好好学习，用实际行动去追逐自己的梦想吧。”

“嗯，总有一天，我们会在太空相遇。你给我这副眼镜就是为了跟我说这些吗？为什么当时你在的时候不说呢？”

“不仅仅是说这些，还有更重要的用途。这是一副超距传感眼镜，我现在也戴着同样一副，当我看东西时，我所看到的一切图像都可以由超高频信息波发射出去，不管我们距离多远，你都能接收到，而且就像亲眼看见的那样清晰。好了，我现在要停止对话模式，切换成主视角。看，我正在急速上升，我的视野变得开阔了，我现在已经突破大气层，我正在回头望——”

于是，耿乐乐看到了地球：

她的主体是纯净的蓝色，飘着许多白色缎带，绿色的地点是青藏高原，阿拉伯大沙漠呈现微微的褐色，喜马拉雅山深色巍峨的群峰衬托着皑皑白雪，伊朗的卡维尔盐渍大沙漠呈现的色彩最丰富，有红色、褐色和白色的大旋涡，就像是摊开的星系旋臂，这是盐湖蒸发留下的痕迹。另外一个十分动人的景观来自闪电。从太空中观看，一道道闪电就像是一阵阵烟火，绚烂盛开，随即熄灭。当闪电连续又频繁时，看到的景象就像一片红色海洋。耿乐乐以前不知道，闪电这么频繁。阿布告诉他，每秒钟都有成千上万道闪电通过云层碰撞被制造出来，其中又有大约一百道会击中地球表面。最摄人心魄的还是日出。在太空看日出，不受气候影响，没有云、雨、风、霜的遮挡和干扰。日出前先出现鱼肚色，接着是几条月牙形的彩带，中间宽两头窄。起初，两头隐没在地平线上，突然之间，耀眼的太阳从彩带最宽处一跃而出，一切色彩顷刻被太阳的光芒掩盖，虽然每次日出维持的时间不过几秒，却可以看到八条不同的彩带从鲜红变成深蓝。

这是耿乐乐第一次用俯视的角度观察他赖以生存的家园——一个悬浮在空中披着纯白色披肩的蔚蓝色星球。

终有一天，他会亲自站在那里，实现梦想。

《读友》2020 年第 3 期

精彩点评

小说围绕耿乐乐和邵旭东各自丢失的铅笔展开，像探案一般带读者层层爬梳。接下来，故事便花开两朵，各表一枝。邵旭东的丢铅笔案尚且好破，是运动会竞争对手张康背后唆使，逼迫班长王晓泽拿走邵旭东的铅笔，进而阻止邵旭东的“跑鞋梦”，以达到遏止邵旭东在赛场上获胜的目的。如果说“人作祟”还容易定位追踪，那么，如果是一个“神龙见首不见尾”的外星人来偷铅笔，则会上演另一出奇妙的好戏了。

外星人来到地球带来的就一定是战争？一定是灾难？一定是生灵涂炭血流成河吗？答案是否定的。这部小说的基调无疑是不同于大多外星人入侵地球的小说路数，而是充满温情和善意的，设计了在地球旅行、因飞船故障而流落地球的半人马座外星人阿布的形象。接下来的情节与斯皮尔伯格的电影《外星人 E.T.》极为相似，外星人“想回家又回不了”成为铅笔案获破之后的新的需要解决的矛盾，最后是邵旭东花掉省吃俭用的积蓄买够了足量的铅笔，帮阿布完成了回家的梦想。在此，两个丢失铅笔的孩子与外星人有了交集，阿布也用超能力修好了被自己撞坏的遥控飞机，促成了竞争对手张康和邵旭东的和解，给了耿乐乐非同寻常的体验。但故事的高潮更在于对儿童梦想的点燃，阿布与耿乐乐建立起了一种难以割舍的感情，他通过超距传感眼镜带耿乐乐体验了太空的美妙与震撼，由此，孩子的宇宙梦熠熠生辉到了极致。相信每个孩子读到这里，都期待能拥有像阿布这样的外星好朋友吧！

小说很多细节在向我们展现儿童世界的隔膜，但最后的结局则似乎告诉我们，只有童真与爱才可以打破隔膜、消除孤独。故事的情节并不复杂，仍然是关于友谊与关爱的话题。突破地球界域的生命共同体意识推动了整个故事情节的发展，使本来平淡的生活出现了转折点，也助孩子完成了梦想的飞越。

中央民族大学文学博士、中国科普研究所研究员　姚利芬

迪士尼的老鼠

◎赵 华

一只白鼠的脑容量是有限的，除了同伴、食物和每天都会见到的人外，它是不会记住太多的人和事的。我反复琢磨过很多次了，我之所以是个例外，全都归功于伤及我身体的陨石微粒，它深深地影响了我，改造了我。

最初，我只是一只普通的实验用老鼠。和其他白鼠一样有着既定的命运——要么被解剖，在麻醉中死去；要么在致癌物的刺激下浑身长满肿瘤；要么被乱七八糟的新开发的药品折磨得奄奄一息。

得益于我的年轻、我的敏捷的反应和闪闪发光的毛色，命运在我的身上出现了分岔，我被选中跟随几名宇航员前往空间站生活。不过，我并不是前往那里度假的，我仍是一只实验用鼠，我要在那里生活整整 90 天。90 天对于人类来说并不算长，毕竟他们的平均寿命有 2 万多天，但对于平均寿命只有 400 天的白鼠来说，它等同于四分之一个“鼠生”。实际上，人们叫我在那里生活那么久正是为了观察长期的太空生活究竟会对我造成何种程度的影响。低重力、高宇宙辐射的环境会影响动物的生理学进程、生物周期节律和基因表达。和我一同被带往太空的还有一只年轻的黑猩猩，依据它的寿命，它要在空间站中生活更长的时间。人们希望通过我们身上的变化来确定人类宇航员究竟能在太空中生活多久，为将来的登陆火星和更为遥远的航行积攒经验，避免伤亡。

火箭发射惊心动魄，充满颠簸，它令我，也令那只眼睛黑亮的黑猩猩格外紧张。有那么几个瞬间，火箭发疯般地抖动，像是马上要散架；还有那么几个瞬间，我全身的血液都涌到了头顶，眼前时而发红，时而发黑，感觉自己就要死了。所幸的是火箭没有解体，我的心脏也没有被压碎。充满凶险的旅程过去了，压迫和沉重被轻盈和曼妙代替，低重力取代引力统治了一切。

我像是到了天堂，在笼子里小心翼翼地活动四肢，优哉游哉地飘浮着，这种感觉如此神奇，难以描述，我简直变成了一只鸟儿。暂时被束缚在座椅上的黑猩猩也感受到了这种奇异的变化，高高地扬起两只胳膊，想要像我一样飞起来。

火箭同空间站顺利接驳，我们被带到了一个宽敞得多的空间里。对于人类和黑猩猩来说，它或许并不算开阔，但对于我来说它已经宛若宫殿了。

空间站由许多个狭长的圆柱形空间组成，它们可以借由阀门彼此连通或者相互隔离。我和黑猩猩生活在其中的一个空间内，大多数时候它都会缓缓旋转，不知为什么，当它转动起来的时候，我和黑猩猩就没法再飘浮起来，我们落到地面上，感受到了同地球如出一辙的重力。但有的时候，圆柱形空间会停止转动，我们便能像鸟儿一样飘浮起来。我们比鸟儿还要自由和惬意，因为它们需要不停地拍打翅膀，而我们根本无须挥舞双臂。最为奇妙的是，连那些装满食物的牙膏管也会飘在半空中，我们得努力抓住它们才行。有时候，一串水珠跑了出来，我们要张开嘴巴将这些晶莹剔透的水珠吸进嘴巴里。

不知道黑猩猩之前是否有过被关在实验室里做各种医药学实验的经历，反正对于我而言空间站里宛若天堂。这里的宇航员从不为我注射各种致病菌和病毒制剂，也从不在我的身上割出伤口，他们只需要喂给我食物，观察我的行为举止和身体状态。说实话，一生之中我从没有如此逍遥自在过，就连过去受到过的那些伤害也被我渐渐忘却了。

有三名宇航员轮流照看着我和黑猩猩，他们的名字分别是艾伦、哈里森和莉娜，莉娜是雌性。

有一次莉娜指着飘浮在半空中的我说："你看它多么自在啊！它似乎很喜欢太空呢。"

艾伦有些忧戚地说："恐怕这样的时光不会长久，两个月后，宇宙射线对它的基因造成的损伤就会显露出来。"

哈里森点点头："那个时候它一定会很痛苦的，兴许它的体毛会大面积地脱落，兴许它会罹患癌症。"

艾伦和哈里森担心的这些事情并没有发生，因为在两个月到来之前，空间站里面发生了可怕的陨石袭击事件。一群在太空中疾驰的微陨石击穿了空间站的舱壁，造成了空气泄漏和气压下降。哈里森和莉娜用密封胶带对数个微孔进行了临时性的补救，待得舱内气压停止下降后，他们发现了更严重的情况——艾伦和我的身上都渗出了血，有两颗微陨石分别击中了我们。

哈里森和莉娜手忙脚乱地为我们进行了简单的处置，然后紧急呼叫了航天飞机将我们送回地面。

经验丰富的外科医生将我固定在了袖珍的手术台上为我进行了手术，并且取出了那颗肉眼几乎看不见的微陨石，它的直径不足1毫米。

迷迷糊糊中，我听见医生对航天中心的人说："如果微陨石再深入一丁点儿的话，这只太空鼠就回天乏术了。"

航天中心的人点点头说："结实的舱壁以及舱外挂的太阳能电池板阻挡了微陨石的大部分势能，所以它和艾伦才会侥幸捡条命回来，陨石伤害到空间站内的人真的是不多见呢。"

听起来艾伦也同我一样大难不死。尽管医生认认真真地清理了我的创口，并且为我注射了抗菌消炎的药物，当天夜里我还是产生了高热，陷入了昏谵的状态中。我感觉到有什么东西正在我的血管里复苏和爬行。是的，仿佛有一群蚂蚁在我的血管里孵化出来，然后开始爬向四面八方，爬向我身体的各个部位。我既难受又慌张，想用两只前爪去挠它们，去阻止它们，可惜的是，原本灵巧而敏捷的前肢此刻重如山峦，根本抬不起来。我只能闭起发热的眼睛，忍受它们的肆意横行，就像我从前忍受那些致病菌和病毒制剂的折磨一样。

从隐隐约约听到的对话中，我知道人们对我的状况既焦急又困惑。我的头很昏沉，而他们的声音听起来既遥远又缥缈。

“见鬼，微陨石并没有伤及它的内脏，我们又给它注射了高效的抗生素，它不该有如此强烈的炎症反应。”

“或许这正是太空生活带给它的影响，太空中的那些高能射线能损害染色体的完整性，从而削弱它的免疫能力。”

从他们的口中我还知晓了艾伦的状况，他似乎遇到了同样的麻烦。

“艾伦也在持续发热……他也未被伤及脏器……”

“看起来宇宙射线也削弱了他的抵抗力……”

“我们得再次抽血进行分析，看看他的免疫细胞是否受到影响，影响的程度有多深……”

在从前的医学实验中，我也有过连续昏迷几日的经历，那个时候我总是会梦见幼时的情形。我和另外十几只白鼠幼崽出生在铺满锯末的木箱中，每天都会有人为我们投喂玉米、麸皮、葵花子和颗粒状的饲料。在那一个月的时间里，没有谁会伤害我们，也没有谁会拿我们做实验，我们无忧无虑，以为生活会一直这样持续下去。我依稀记得一个长着金色头发的小女孩，她是负责饲养我们的中年人的女儿，她总是会来看望我们，用柔软的小手轻轻抚摸我们，并且将自己的饼干偷偷喂给我们，那些闪耀着金光的圆形的饼干比任何饲料都好吃。可惜的是，我不知晓金发小女孩的名字，而且当我和同伴们渐渐长大，能够被用来进行实验时，我们便被带离了那里，我再也没有见到过她。

这一次，我又在火一般的烧灼和痛苦中忆起了童年的经历，我想起了圆形饼干和不知名的金发小女孩，我还忆起了在空间站里生活的情形。我做了一个梦，空间站的圆形透明舷窗突然间碎裂了，我飘浮了出去。不知为什么，我仍能在太空中正常呼吸。太空中有些寒冷，但它令我感到很舒适，燃烧、鞭笞、折磨我的那些燥热和火焰都渐渐冷却、熄灭了，我又变得精神抖擞。

就是在这个反复出现的梦境中，我身上的高热终于退去了，我的双眼不再那么滚烫，全身都像是浸泡在冰凉的水中，这种感觉真是妙不可言。

有好几个人围在我跟前，其中的两个人是哈里森和莉娜。奇怪的是，他们并没有因为我的病愈而高兴，他们望着我显得忧心忡忡。他们在我身上抽了好几次血，但没有再给我注射药物。

几天之后，我才逐渐明白他们如此忧虑的原因，我身体内的那些“蚂蚁”不再到处爬行了，它们似乎找到了各自的安身之所，安定了下来。但我的四肢始终有些异样，我的两条后肢和尾巴似乎在变强壮，而两条前肢似乎在被一种力量拉长，爪尖上有一种发痒的感觉。我并没有产生错觉，比以前更加强壮的后肢和尾巴能够让我像袋鼠一样轻而易举地站起来，与此同时，我的前爪也越发灵活，我能够用它灵巧地抓取食物，捡起地上任何形状的东西。

一个星期之后，不用人们再指指戳戳，连我自己也看到了两只前爪的变化，它们变得更加纤细修长了，就像是袖珍的人类的手。我不明白这一切是如何发生的，但我猜这一切和之前爬进我血管里的东西和拉拽我前肢的力量有关。

莉娜和一个身穿白大褂的人为我带来了一些长短不一的小木棍和形状不规则的小巧的塑料玩具。我在它们之中挑拣着，动作灵巧地或抓握或挥舞着它们玩耍，我甚至有一种冲动，想要像小鸟一样利用它们为自己搭建一个简易的窝。

莉娜和“白大褂”目不转睛地盯着我玩耍，他们的神情越发凝重。此时，我已经不再发热，我的头脑也没有那么昏沉了。我听见莉娜说：“它的肱骨、尺骨和桡骨的长度都有所增加，它的掌骨和指骨也长长了些，腕骨的几块小骨的构成则更加紧凑，这些因素使得它的两爪的灵活性大为增强。你瞧，它们真的像人手一样灵巧呢。”

“白大褂”说：“艾伦发生了相似的变化，他的手臂虽然没有明显增长，但他的十指却比从前纤长灵巧多了，他的手指能做出各种各样的复杂的动作，简直能媲美钢琴家、魔术师和技艺娴熟的外科医生。”

莉娜接着说：“一切不会如此巧合，毫无疑问，他们之前同时出现的发热和后来同时出现的肢体变化都同微陨石的撞击有关系。”

“白大褂”点点头：“我们在他们的血液里发现了相同的细菌，那是一种之前从未被发现过的细菌，个头很小，繁殖速度很快。我们仔细观察了从艾伦和白鼠体内取出的微陨石，发现里面有着和活性炭一样的多孔结构。这些犹如迷宫般的孔洞有可能让蛰伏在其中的细菌躲过宇宙射线的戕害和太空低温的侵袭，保持生物活性。”

莉娜困惑不解地说：“微陨石中藏匿着休眠状态中的细菌，它们撞击空间站进入艾伦和白鼠的体内后恢复了活性，并且开始繁衍。鉴于它们的未知性，它们引起发热等疾病尚可理解，可是它们为什么会让艾伦的双手和白鼠的前肢变长，并且变得更加灵活呢？”

“白大褂”回答说：“这些天外来菌很不一般，它们彼此之间能够交流。它们能够捕获人体和白鼠体内的病毒，对病毒的DNA（脱氧核糖核酸）或RNA（核糖核酸）片段进行剪辑、编码和改造，并将这些经过改造的DNA或RNA片段变成游走的DNA片段和RNA片段，让它们担任信使，在不同的细菌间游走并传递信息。天外细菌们的工作效率很高，它们就像是一群抱有某种目的的工程细菌。”

“某种目的？”莉娜费解地问，“什么目的？”

“现在还不清楚，我们还在密切地观察，同时对提取出的细菌进行更加细致的分析。”“白大褂”心事重重地答道。

自从不再发热后，我迎来了生命中第三段衣食无忧的生活。

莉娜和其他人每天都投喂给我充足的食物，他们也不再用我做实验，只是隔着透明的密封箱观察我的动态和变化。

我的四肢再也没有什么变化，但“蚂蚁”又开始在我的身体里爬，这一次，它们顺着血管往我的大脑中爬，我能清楚地感觉到这一点。我有些不安，但毫无办法，只能装作若无其事地继续进食和玩耍。不知为什么，我利用那些木棍和塑料玩具为自己搭建一个窝的冲动越来越强烈，就好像有谁指使我这么做似的。我开始动起手来，我从来不知晓小鸟是如何筑巢的，但蹊跷的是，我竟然有条不紊地进行搭建，就好像有谁在脑子里一步一步地指挥我。

是哈里森最先发现我的这一反常举动的，他像是亲眼瞧见了金字塔的修筑场面似的，瞪着圆眼，张着大嘴。他慌里慌张地将莉娜和“白大褂”喊来，而此时我的工程已经接近尾声了，莉娜和“白大褂”同样像是见到了什么神迹。莉娜用一种难以置信的语气说：“天哪，它搭建的这个巢也太过于……太过于精致了。”哈里森惊叹道：

“若非亲眼所见，我真的不敢相信它出自一只白鼠之手。”而“白大褂”紧蹙双眉说：“艾伦今天也很反常，也表现出了令人不可思议的举止。他苦苦哀求我们给他一把直剪、一根解剖针、一个解剖镜、一瓶乙醚以及一只青蛙，他一再保证自己神志清醒，只是想在全封闭的隔离室中有些事做。我们将他想要的东西小心翼翼地交给了他，令我们大吃一惊的是，他竟然动作娴熟地对青蛙进行了解剖，精准而完整地取出了青蛙的各个内脏。他的技术堪比经验最为丰富的外科医生，不，应该说，就连经验最丰富的外科医生也望尘莫及。而据我所知，他并没有任何从事医学学习和医学训练的经历，他的解剖技法就仿佛天赐神授的一般。”

接下来，他们都沉默了，都直勾勾地盯着我搭建出的齐整又精巧的窝巢。

第二天，“白大褂”、莉娜和哈里森又来到了我所在的玻璃箱跟前。“白大褂”宣布了一个叫他们瞠目结舌的消息：“那些细菌是具有智能的，它们每一个其实都是一台纳米级别的生物计算机。我们曾经设想过制造利用DNA分子上的四种碱基，就是腺嘌呤（A）、鸟嘌呤（G）、胞嘧啶（C）和胸腺嘧啶（T）来进行信息存储和信息编码的生物计算机，可惜受制于现有的技术，这一设想从未真正实现。但是艾伦和白鼠体内的这些天外细菌实现了生物计算，它们通过生物酶的作用，让四种碱基形成各种组合，从而存储信息、实施运算、编辑指令。因为有A、G、C、T四个基本单位，它们甚至能够进行并行计算，效率超过了我们的基于0和1的两个基本单位的二进制的计算机。它们输入和输出的都是经过编码的病毒DNA片段或病毒RNA片段。最了不起的是，它们能够通过这些游走DNA片段和游走RNA片段彼此紧密联系，联结为一个整体，从而拥有更为强大的计算能力和编码能力。一旦在宿主体内稳定下来后，它们就会大量繁殖，相互联系，并且开始启动程序，正式工作。它们一方面对宿主的肢体骨骼细胞、肌肉细胞等进行改造和激活，促使宿主拥有更为灵活的前肢和双手；另一方面，它们开始紧锣密鼓地入侵宿主的大脑，企图掌控宿主的意识，并输送相关的知识。由于血脑屏障的存在，它们的入侵速度相对缓慢，很难一蹴而就，但它们迟早会成功的。艾伦突然间会解剖青蛙，白鼠突然间会搭筑鸟巢就是细菌们努力不懈的结果，它们已经有相当一部分成功通过了血脑屏障。”

莉娜惊讶地问：“如此说来，这些细菌并不是自然产生的，它们是被创造出来的。”

“白大褂”点点头：“自然界的细菌只会有一个目的，那就是尽最大可能进行繁衍。而这些细菌显然有另外的目的，那就是让遇到的宿主拥有能够媲美外科医生的灵巧双手和天赐神授般的医学知识。它们显然是被事先设定了程序的工程细菌，一旦遇到宿主就会苏醒过来，马不停蹄地执行程序，完成使命。”

哈里森也吃惊地问：“是谁创造了它们？是外星人吗？”

“白大褂”不动声色地回答：“是的，是某种智慧生物，他们将这种人为创造出的工程细菌放进多孔陨石之中，任其在太空之中游荡飘浮。一旦某颗陨石顺利地到达别的行星，陨石中尚有活性的工程细菌就会伺机进入行星上的生物体内，改造他们的肢体，控制他们的大脑。陨石抵达遥远星系、抵达其他行星的概率并不低，假如外星文明投放了数以万计的藏有工程细菌的陨石，至少有一小部分会完成使命。据说地球上的生命就是源自彗星中的核糖分子。”

哈里森又说：“难道说外星人给这些细菌预设的程序就是叫它们将所遇到的异星生物变成一名外科医生？否则的话为什么要让细菌改造他们的双手，并且往他们的脑子里输入医学知识？如此看来，那些外星人真像是好心的天使，他们自己无法到达遥远的异星世界，就用这种法子让异星拥有技术精湛的外科医生，让这些外科医生为同类解除病痛。”

听哈里森这么说，莉娜有些动容地望着屋顶，她的眼中闪烁着晶莹的泪花。

“白大褂”回答哈里森说：“看起来是这样的，就在不久之前，艾伦又问我们要了手术刀、手术剪、止血钳、持针钳、手术显微镜等工具，并且问我们要了一只用来做抗癌药物实验、体内长有肿瘤的白鼠。我们亲眼看见他手法利落地为白鼠做了肝部肿瘤的切除手术，手术非常成功，堪称完美。我们将录像给执业多年的外科医生看，他们说他的每一个步骤、每一处技法都精确得如同机器，只有那种尚未诞生的医疗机器才能够如此不差毫厘。”

说到这里，“白大褂”想起来什么，他紧紧盯着我明显修长的前爪说：“既然侵入艾伦体内的细菌和侵入白鼠体内的细菌都是一样的，那么这些细菌们的目的肯定不是让白鼠筑巢玩过家家。”

过了两天，“白大褂”为我送来了一把袖珍的手术刀和一把袖珍的手术钳，它们显然是依据我的尺寸为我量身打造的。“白大褂”

正同莉娜商量究竟该塞进一只昆虫还是一只小型哺乳动物来验证我是不是也具有了解剖能力时，突然发生的一件事情将他们吸引了过去。艾伦逃走了，他佯装昏迷躺在隔离间的地板上，趁工作人员打开门查探情况时，一跃而起奔了出去，很快就不知所终。

鉴于专家们对艾伦体内的天外细菌的性状和危害还不甚了解，寻找到艾伦成了当务之急。航天中心的大部分人都被派了出去，通缉令也被正式下达。然而艾伦就像人间蒸发了一般再也不见踪影，谁也不知道他为什么要出逃，莉娜、哈里森和“白大褂”都显得忧心忡忡。

为了检验微陨石中的细菌是否也成功地将我改造成了一名外科医生，“白大褂”将一只体内长了肿瘤的白鼠同类丢了进来。

正如“白大褂”之前的猜测，那些细菌正昼夜不停地向我的大脑入侵，我能感觉到它们的行动，也能感觉到自己的大脑在拼命地阻挡它们。“白大褂”的预言很正确，虽然我的血脑屏障竭力抵抗那些细菌，但它们当中的一些还是成功侵入了，它们通过编码碱基掌控了我的一部分大脑功能，并在其中写入了解剖学、生理学、病理学等方面的知识。

说不清楚一切究竟是如何发生的，就像是有人躲在脑子里指挥我一样。我动作敏捷地对白鼠同类进行了麻醉，并准确地找到了它的病灶，切除了令它痛苦不堪的肿瘤，最后又进行了认真的缝合。

“白大褂”、莉娜和哈里森目瞪口呆地望着我完成这一切，他们见到了现实中的“精灵鼠小弟”。

“白大褂”哆嗦着嘴唇说：“看起来工程细菌们不仅能将异星

智慧生物变成出类拔萃的外科医生，还能够将一些非智慧生物也变成手脚伶俐的‘拯救者’，细菌们能够暂时提升它们的智力，能将遇到的适宜的生物都变成完成任务的工具。”

莉娜和哈里森都信服地点了点头。

细菌们入侵大脑的速度明显加快了，就在我担心它们将彻底攻陷我的大脑，担心自己变成一个彻头彻尾的傀儡时，艾伦的消息终于传来了。

航天局和安全局的人在另一个国家的一个大型机床集团里发现了他。集团的创始人坐拥百亿资产却无法同体内已经扩散的癌细胞抗衡，就在他深陷绝望之际，艾伦主动找上门来，声称能够将他体内的肿瘤切除干净。起初，没有人相信艾伦，但是他们目睹了艾伦用出神入化般的技法在显微镜下切除了白鼠、家鼠体内的复杂肿瘤后，他们决定放胆一试。

艾伦果然没有叫他们失望，他以不可思议的技法切除了该集团创始人体内的多个病灶，叫他起死回生。艾伦没有接受任何馈赠，他希望创始人能够帮他建造一些雕像，并且提供了图纸。

为了答谢艾伦的救命之恩，机床集团果然建造了上百个大大小小材质不同的雕像，将它们摆放在了公园里、街道上和马路边。

“白大褂”带来了那些雕像的照片，那是一种奇形怪状的生物雕像，它看上去有多条腕足，像是纠缠在一起的章鱼，在它的顶部有一圈类似眼睛的东西。

艾伦还打算为另一位罹患绝症的富豪进行手术，以期获得更多的雕像作为回报，但他被找到并拘捕。

“白大褂”对莉娜和哈里森说：“我们都错了，外星人不是什么心地善良的天使，他们创造工程细菌的目的并不是帮我们培育能够解除病痛的外科医生，他们的真正目的是让我们建造雕像。”

莉娜和哈里森显得满腹困惑。“白大褂”为他们解释：“在地球上，有许多君王都希望自己能够被世人铭记，因此在各个地方修筑自己的雕像。艾伦叫人建造的那个酷似章鱼的东西，它一定是外星人的帝王，它的野心更大，不仅希望自己的雕像遍布本星系，还希望它们能够遍布其他星系。为此，外星帝王创造出了专门的工程细菌让它们借由微陨石飘向宇宙深空。改造所遇异星生命的肢体，让他们拥有娴熟的外科技艺和丰富的医学知识只是实现其终极目的的一个途径，一旦彻底攻陷了异星生命的大脑，工程细菌们就会指令他们寻觅掌控着巨额资源和财富却又身患重疾的富豪，并指令他们以手术来换取外星帝王雕像的落成。换句话说，工程细菌创造出的艾伦这样的医生只会为有钱人服务，而不会去拯救穷人。外星帝王知晓不论在哪颗星球上，只有那些掌握财富和权力的人才有能力建造数量众多、规模宏大的雕像。”

这一结果完全出乎莉娜和哈里森的预料，他们张着嘴巴久久无法平复心情。几天之后，“白大褂”又对莉娜和哈里森说：“艾伦的大脑已经彻底被攻陷了，他现在已经成了外星细菌的傀儡和外星帝王的工具。看起来白鼠的血脑屏障更为结实，它的抵御能力更强，外星细菌们还没有彻底入侵进去，不过这用不了多久了。相比起艾伦来，白鼠可没法完成任务，毕竟没有哪个富人愿意让一只老鼠为自己做手术，就算它为别的白鼠和别的动物做了手术，它们也没法子帮它建造‘章鱼’雕像。因此，从这一点上说，外星人是考虑欠妥的，不过或许他们并不了解地球，因而在预设指令程序时允许工程细菌们对遇到的任何生命进行肢体改造和知识输入。外星人考虑更多的是概率，如此设定能够大大增加工程细菌们完成使命的概率。”

“白大褂”说得没错，我的头脑已经越来越难受，外星细菌们很快就要彻底攻陷我的血脑屏障，彻底操控我了。

我又从“白大褂”那里听到了一个坏消息——航天局和安全局决定将艾伦和我永久隔离，以免工程细菌传播出去。人们担心这种细菌传播开来后会造成难以预料的结果，地球上的大量资源都会被白白耗费在外星帝王的雕像的建造上，地球将变成他的一个纪念馆。与此同时，专家们不希望来自外星的工程细菌被其他国家获得，他们希望借由逆向解译技术获得制造生物计算机的方法。

我知道自己只是一只小白鼠，生来的命运就是被人类用来做各种实验。从注射药品到局部解剖，从地球到空间站，我经受了太多太多的实验，它们大都令我心存余悸，带给我无法忘却的伤害与苦痛。也许那些工程细菌真的提升了我的智力，不知为什么，我不想再成为一个任由宰割的实验品了。在工程细菌们彻底掌控我的大脑之前，我想呼吸一下外面的新鲜空气，感受一下外面的金灿灿的温暖的光线。

艾伦被带了回来，趁人们的注意力都在他身上，趁一名杂工为我投喂食物之际，我抓住机会用袖珍手术刀划伤她的手指，在她慌乱之际从投喂口逃了出去，接着又钻进了曲曲折折的通风口，最终来到了外面。

航天中心地处郊野，我钻进草丛中拼命地奔跑，此时已近黄昏，我果然见到了金灿灿的光线，它们令我格外温暖。

天黑之后，我来到了一座孤零零的屋舍中。一位小女孩发现了我，她同从前喂给我圆形饼干的小女孩一样，长着金色的头发，不过，她躺在床上，形容枯槁，工程细菌们赋予我的能力让我很快就知晓了她正被棘手的淋巴瘤所折磨。

此时屋子里只有她自己，她看到了我，原本晦暗无神的眼睛像天边的星星一样亮了起来。她竭力侧过脑袋，用虚弱的语调问我："你是迪士尼的老鼠吗？"

可能是意识到我只是只白鼠，没法开口说话，她自己叫道："你一定就是迪士尼的老鼠，你是来看望我并且帮助我的。华特·迪士尼先生当年在最落魄无助的时刻，一只小老鼠来看望他，并且陪伴他，带给了他灵感，他才因此创造出了可爱的米老鼠，有了后来的迪士尼王国。眼下就是我最落魄无助的时刻，你一定是来帮助我的。"

眼前的小女孩让我想起了幼时的那位好心的金发小女孩，我一直都很想念她。那把袖珍的手术刀一直被我埋在爪中，我决心帮助她，但我没有用于麻醉的药剂。另外，已经侵入我大脑中的那些工程细菌仿佛要阻挠我这么做，它们竟然知晓女孩家生活困窘，没法建造巨大的外星帝王雕像来报答我。它们似乎正用某种法子暂时擦去我脑中的那些医学知识，我集中精力拼命同它们对抗。在它们占据上风之前，我已经从小女孩床头柜上的医师便笺中获悉了最近的诊所所在。事不宜迟，我转身风风火火地跑出门去，我听见了小女孩失望伤心的轻泣。

我顺利地取到了麻醉针剂和注射管等，当小女孩再次见到我时，她欣喜地叫了一声，比第一次见到我时还要激动。看到我怀抱的针剂，她一定越发相信我是来帮助她的神奇老鼠了。

我同工程细菌们苦苦对抗，终于为女孩注射了麻醉针剂，并且精确无误地实施了手术。我几乎精疲力竭，就在这时，一对中年夫妇走了进来，望着站在小女孩身上的我，他们惊呆了，他们一定以为我是趁小女孩虚弱无力前来啃食她的野鼠呢。

他们惊叫着朝我扑来，手里还攥着用来击打我的东西，我清楚自己在劫难逃了，就算是那些拥有智能的工程细菌此刻也毫无办法。在头部被击中彻底丧失意识之前，我忆起了幼时的美好时光，忆起了曾经喂给我圆形饼干的那位长着金色头发的小女孩。

《读友》（中长篇版）2020年2月刊

精彩点评

《迪士尼的老鼠》说的是一只实验小白鼠随着宇航员飞上了空间站，结果在空间站因为意外被微陨石砸中，同时被砸中的还有一位宇航员。被砸中之后，宇航员与这只小白鼠就产生了变异：宇航员产生了要从事非本专业的医学解剖的冲动，小白鼠也开始搭起了房子。原来他们都被陨石之中的细菌所感染，产生了基因变异，这种变异不仅让他们的大脑被细菌所控制，甚至智力和肌肉细胞也有所提升。宇航员因为这种变异拥有了远超地球水平的医术，但他却被细菌控制，用这医术去救治那些罹患癌症的大富豪，并要求这些富豪建造大量无用的雕像去颂扬太空细菌背后的制造者。而小白鼠同样也拥有了这种医术，它却在逃出实验室之后救治了一位罹患癌症的儿童。

这篇少儿科幻中有很多科幻元素的影子，比如太空细菌感染人类类似《天外来菌》，细菌改造人类基因又类似很多漫威漫画或电影中某些超级英雄的变身，而只救治富豪不救助穷人的超能力又有点类似刘慈欣的《赡养人类》。这些科幻元素杂糅其中，加上了小白鼠的叙述视角，让这部少儿科幻既具有了丰富的想象力，又颇具哲思。

这篇小说以少儿科幻常用的动物视角叙事，让孩子们易读易懂。另外它以太空细菌改造人类基因作为科幻内核，非常具有科学性，也有利于孩子们追根溯源了解太空知识和基因知识。此外，小说将小白鼠和宇航员的不同作为进行对比，也深刻批判了贫富差距，讴歌了治病救人的善行，批判了盲目浪费资源建雕像的行为。

江苏省科普作家协会科幻专委会主任　付昌义

喜喜饲养记

◎ 赵书纯

1

我养了一只喜喜。

我的很多朋友都养过宠物，譬如说伊万，伊万在他家后院的游泳池养了一只水怪。水怪长着巨大的身体，脑袋却是小小的，他通体碧绿，一般会静静地卧在水底，远远望去就像水里长了一大片绿色的水草。天凉的时候，他也会从水底爬上来懒洋洋地晒太阳，把长长的脖子绕起来，把头埋在温暖的肚子下。天气炎热的时候，我们还可以跟水怪玩长长的水中滑梯的游戏，哧溜一下从他高高的背上溜到水里，溅起阵阵的水花。

卡米家则养了一只小小的精灵虫。精灵虫有时候很小，他睡觉的时候会缩到一个火柴盒大小的透明盒子里；可有的时候又会变得很大，就像一片大大的云彩，在空中漫无目的地飘浮游荡。有的时候，精灵虫会变成透明的，这个时候他调皮又可爱；有的时候也会变成黑色的，那大概就是生气了，会躲到哪个不知名的角落一声不吭。

有的时候，我会跟伊万一起坐高高的水怪滑梯；也有的时候，卡米跟我玩精灵虫捉迷藏的游戏。有时候我去跟他们玩，就会带上我的宠物喜喜。

喜喜是我们 W 星人最喜爱的宠物。我们 W 星人高大冰冷，带着八条毛茸茸的触手，机械控制的手臂里布满了精细的触觉系统。有人说我们 W 星人像水生博物馆里的章鱼布满细毛，也有人说我们像昆虫博物馆里的放大版的蜘蛛，但是，我们 W 星人的确是星际宇宙公认的最为高效现代的生物。

喜喜跟我们正好相反，作为宇宙的珍稀物种，他们可脆弱多了，他们仅仅有我的手掌那么长，长得肉嘟嘟的，四条腿，两只眼睛，身上没有绒毛也没有羽毛，光溜溜的，像一只小虫子。刚开始的时候，妈妈不让我养喜喜。

“你知道养一只喜喜多麻烦吗？”妈妈开始翻陈年旧账，“别再图一时新鲜了，你还记不记得你养过的电子狗、五角蜥蜴，还有那一堆看起来就叫人难受的黏黏虫？”

其实，电子狗、五角蜥蜴和黏黏虫，那个……最后都是有原因的嘛，电子狗是因为我不小心喂他吃了病毒狗粮，怎么都没法杀毒，导致他每天都说一些奇怪的代码；五角蜥蜴，我上次坐出租飞行器时不小心把他落在了飞行器上再也没有找到他；至于黏黏虫嘛……好吧，那还真的是我的错。

“哪一次你养的宠物最后不都是我在帮你照料？”妈妈反问我。

“如果我有一只喜喜，我发誓我肯定会好好照顾他。”我把瞳孔放大两倍，让我的脸看上去有一种萌萌的小宝宝的既视感，“不会麻烦你啦，看着他一天天长大，肯定会有成就感，而且自己学着照顾宠物，也是一种锻炼嘛！”

“喜喜这么珍贵，万一你要是养到中途放弃呢？”妈妈不信，妈妈就在一家喜喜研究所上班。想养一只喜喜可不像领养一只水怪、一只精灵虫那么简单。喜喜是我们W星人专属的宠物。他们很珍贵，要很难得的机会才能养上一只。而且，小喜喜的领养时间也有限，等他们大了就要送回研究所。只有小喜喜才有跟W星人长期接触的机会。

我软磨硬泡了好久，妈妈才扔给我一堆表格，等我填完表格又等了好久。直到火星纪念日那天，我才得到了一只喜喜。妈妈把一只喜喜从实验室带给我，我发现喜喜黑漆漆的眼睛就像W星球四点钟稍纵即逝的黑暗一样。

也正因为这样，我打算好好地养他。

2

在喜喜遇到我之前，他什么都吃。生肉熟肉、生菜熟菜、铁、塑料……乱七八糟的，全往嘴里塞。

我告诉喜喜：“你不能什么都吃，这样对肠胃、对身体健康全都不好，你以后是我们W星人的宠物了，你应该像我们W星人一样吃东西。”

喜喜睁大他萌萌的眼睛看着我，好像在问我到底该吃点什么。

我告诉他："我们平时只喝点清水，感觉到饿的时候才吃一点果子，这是世界上最好的食物，我们叫它爱果，最干净、最美味、最有营养的东西就是它了。"

我把喜喜带到爱果园。整个爱果园在一个凸起的山丘上，整个山丘隐隐地泛出一层层的深绿。

第一次吃到爱果的时候，喜喜整个身体都不由自主地抖动起来，四条腿不停地甩来甩去的。我知道他这是感受到了爱果的好处。喜喜对事情有两个反应：喜欢，不喜欢。抖来抖去的这个憨样子，就是表示喜欢了。

他甩开四条短腿在整个爱果园跑来跑去，疑惑地看着整个绿色的爱果园，想再找一个爱果。我知道，喜喜跟我一样也非常非常喜欢吃爱果。

正像妈妈说的，养喜喜是挺麻烦的。因为他只会在你面前转来转去的，饿了就讨爱果吃，从来不会自己去找。有一次我实在忍不住了，告诉他自己去找果子，找不到也得继续找。喜喜在爱果园里转悠了半天，还是饿着肚子。我看他真是可怜，于是摸摸他的头，耐心地教他：你对着一棵树不要动，深呼吸，看着它，再看着它，再深呼吸，看，看，看……那个慢慢冒出来的红色的东西，那就是爱果了。现在赶快去吃吧，傻乖乖。

但是喜喜还是经常找不到爱果吃，在我面前转来转去的，抬着眼睛可怜兮兮地向我讨要，有几次我觉得他学得真慢，简直是太慢了。我养了他两个太阳公转日那么久的时候，我还没那么喜欢他，他也还是显得没有精灵虫、水怪那么有趣。我一度像妈妈曾经说过的那样感觉后悔，因为我真不知道喜喜到底有什么好的，既不能滑滑梯又不能玩捉迷藏，既不富于变化又不高大威猛。我不知道喜喜这样的小生物仅仅是因为稀有才显得珍贵，还是我需要好好学习一些养喜喜的知识，再多一些耐心和技术才能知道 W 星球公认的最好的宠物到底好在哪里。的确，我不知道怎么才能把这可怜的小东西养好，有好多次，我把喜喜带到爱果园，他常常是空手而归，通常他都是让人沮丧的。

多亏我们 W 星球对外开放大学有一位八公教授，他帮了我很多。他写过三十多本养喜喜的专著呢，还有很多论文，里面的内容说的都很有道理，充满了智慧。八公教授建议我先从喜喜这个物种的语言开始学起，比如，他们喜喜语当中是怎么称呼自己的，你知道吗？唉，我还真不知道呢，需要好好地学习了。

八公教授微笑着看着我，慢慢地说："他们称呼自己——人类。"

3

八公告诉我，跟 W 星球的人相比，人类的寿命非常短暂。我问："到底有多短呢？"

八公翻开一张宇宙星系地图，放大到遥远的银河系，指着上面一个蓝绿的小点，告诉我："小喜喜的寿命要按照这个小球围绕太阳旋转来计算，而这个小球就叫作地球了。地球人的寿命也就这个小球最多围绕太阳转一百圈，而在地球人的眼里，我们 W 星球的人的寿命可以说是永恒。"

更为有趣的是，八公还告诉我：“刚出生的喜喜就像一张没有拷贝过的空白的光盘，他们需要另外一些词，譬如说学习，譬如说成长，喜喜们一直是在渐渐变化的。”

“学习我知道，我们W星人每年也要进行芯片更新的嘛。”我们W星人从存在开始，电子脉冲便自动为我们的大脑设置了足以使用一生的知识，除了固定版本的升级之外，我们W星人没有所谓的变化，但是我们也有了很多的自主选择的权利，毕竟岁月漫长需要不同的体验，而且基因技术与激素水平的调节可以选择外貌，选择肤色，甚至选择你的天赋秉性。

但是我不懂八公所说的渐渐变化，我问八公：“那喜喜们的成长是什么呢？”八公说，这种渐渐的变化你在日常的生活中并不会一下察觉，但是跟之前对比，你就会明显发现有不同之处。八公看我这么喜欢小喜喜，答应在下一次见习日时，会跟妈妈所在的研究所推荐，让我去做临时的助手，说到时候我就会明白这种变化到底是什么了。

我当然高兴极了，妈妈虽然在喜喜研究所上班，却从来没有带我去过。她当然是一位成功的母亲，每周陪伴我两次，对人温柔，脾气温和，有着W星球女士的诸多优点。但是作为一名职业女性，她还是一位女权主义者，倡导把工作和家庭分离两处，就因为这点，W星球的女性就业率提高了三个百分点。但是，好吧，可能你有一位以事业为重的父亲或者母亲时也会有我这种感受，就是他们陪伴我的时间并没有特别多。

在等待的那段日子里，我开始感受到喜喜的有趣了。W星人虽然也有家庭，但是更多的是以个人为单位存在，彼此之间的关系非常宽泛松散，可喜喜给我的感觉不同。只要我在家里，他滴溜溜的黑眼睛总是要瞅着我，他会冲我摆手，冲我摇头晃脑，冲我做出一百个有着细微差别的小表情。他向我讨清水要爱果，然而这些都不够，他会用软软的小手扯住我陪他玩些他喜欢的游戏，会消耗我所有能腾出来的时间。要是我不理他，他就会噘起小嘴，神情沮丧，眼睛里会流出水来。

那天，我在爱果园里捧着电子阅览器浏览星际外存在的植物志的时候，小喜喜爬过来。他趴在我毛茸茸的八条腿环成的怀抱里，递给我一个爱果。我摸摸喜喜的头，说："喜喜真棒。"我让喜喜把爱果吃了，喜喜没有吃，他推给我，然后跑开了，离开的时候，脸上露出来一个嘴角上扬的表情。

我把当时给喜喜记录下来的这个表情拿给八公看，八公说："对啊，喜喜跟我们不一样，他们喜欢用五官而非语言来表达自己的喜怒哀乐。他们不像我们 W 星人，W 星人是整个星际进化最为完整的生物，我们使用最为高效的沟通方式。我们更习惯用语言而非情绪云表达。情绪，是喜喜这样的生物更为擅长的表达方式。"

我第一次开始觉得其实我们 W 星人的内部是冰冷而且空空如也的。我开始期盼能看到喜喜给我的嘴角上扬的表情；期盼能看到喜喜黑漆漆的眼睛里那些像流星一样的闪光；期盼跟喜喜在一起的时候，内里的满足与充盈。那个表情让我感受到了 W 星人从来没有过的内心的感动和温暖，我把这一切说给八公听的时候，八公笑着说："你可能是跟喜喜在一起待得太久了，产生了幻想，我们 W

星人怎么可能有心呢？”

八公说:“其实W星人不应该去研究喜喜,因为喜喜研究得久了,会让人觉得内里变得柔弱，会有不稳定的脑电波浮动。”

我知道这种感受，就像喜喜一样，在W星人庞大的体内，仍然有着跟喜喜们一样的温暖和律动，就像上次我看见喜喜翘起嘴角的感觉，内里充盈着喜悦与爱。

4

八公说：“喜喜们是一种特别喜欢群居的生物，他们不像我们W星人，他们习惯的交流方式更依赖于像情感、情绪之类。”八公看我非常喜欢喜喜，就给了我很多关于喜喜的资料，推荐我也去做一些跟喜喜有关的研究项目，从他的助手做起。现在我可以带着喜喜一起到研究所来帮忙了。

我在研究所发现，这里把喜喜们分成很多不同的形态，就像我的喜喜——爬来爬去的小喜喜们，是最初的1级形态。他们非常喜欢腻在大喜喜的怀抱里，大喜喜们有时候还会咕噜咕噜地跟小喜喜说着什么我们不懂的语言。

不仅仅是语言，还有肢体，喜喜们还喜欢肢体的接触，但是我们W星人都知道，躲避传染疾病的第一步就是避开肢体传染。我们W星人之间很少有拥抱，也很少有握手。我的妈妈和研究所的其他专业人士都是戴着厚厚的隔离手套，穿着厚厚的隔离服在照顾喜喜。但是我习惯了小喜喜歪在我的臂弯里的感觉，更喜欢小喜喜的那些依恋和温暖。

八公建议我的研究项目从喜喜的情绪变化和生态变化入手。

“我们 W 星人从出生到死亡基本都是同样的形态，你可以被设定，设定成孩子，设定成园丁，设定成电脑程序员，各种各样的职业，当然如果你不喜欢，也可以在某个时段提出上诉申请，改变你的形态。”八公跟我解释。

我当然明白，譬如说我，我现在就是一个小孩，如果许多年之后，我不想再当一个小孩，也可以提出申请修改程序，成为像妈妈这样的喜喜研究员。当然也有很多的小孩不想成为大人，而大人们也需要孩子们来调节枯燥的生活。这个就是 W 星球孩童存在的意义。

“W 星球对这种变化现在予以否定的态度，高层希望能用更为高效的方式来维持 W 星球的运转，而现有的这种变化成本太高。”

八公喘了口气继续说：“但是通过研究喜喜我们发现，这种单一的程序设置对于 W 星球的应变能力来说是非常孱弱的，喜喜们能历经这么多年仍然在星际存在，证明了这种变化才使得生命更有活力。更重要的一点是，我们现在无法得知喜喜们的情绪变化是如何而来的，但是我们可以感知到情绪的这种直接性，比我们用计算程序去处理问题更为直接高效。也就是说，情绪蕴含着极大的能量，而我们需要做的就是要研究出来一套更为直接高效的智能处理系统。”

“改进我们的系统？利用喜喜？”我反问。

“是的。”八公点点头。

5

在研究所里，我感受到了喜喜这种不断的变化，他们的成长是缓慢的，不仅仅会慢慢长大，你说不清楚这一天和那一天到底有什么区别，但是总会渐渐有点什么不同。

就像我的宠物小喜喜，我已经习惯了白天把他带到研究所，晚上再带回家，感觉没过多久，给他准备的小窝他已经睡不下了，再到下次，不知道从哪一天开始，他已经不再在地上爬来爬去，而是习惯了用两条腿走路，把肉粉粉的小爪子腾出来探索周围的世界。又过了没多久，他好像不再喜欢郁郁寡欢地待在家里，而是更喜欢回到研究所里跟其他的小喜喜们在一起，每次跟其他的小喜喜们在一起时，他脸上的小表情总会变得更为丰富。这个时候的喜喜已经是 2 级形态了。

始终在变化，不仅仅是长大，到了 8 级形态之后，他们还有一个变化的过程，他们粉嫩的皮肤上会布满褶皱，变得粗糙，行动也会变得迟缓。我问过八公，八公说到这个时候喜喜们就要离开了，但是总归会有新的生命再出现。八公说，在喜喜们的世界里，他们觉得有轮回。

我有的时候感觉自己并不像一个真正的研究员，有的时候感觉喜喜也并不像是我的宠物，在研究所的更多时间，我会跟喜喜们腻在一起。我的宠物喜喜会爬到我的身上来，逐一地跟其他的喜喜们介绍我。看我的宠物喜喜整日腻在我身上的那个憨态，其他的喜喜们也逐渐习惯了我这个“外表看起来有点古怪但是非常好的大朋友”。对，这个就是喜喜的原话。

对，我逐渐了解了喜喜语。小喜喜有一个语言学习的过程，在这个过程中，小喜喜的大脑中枢系统异常活跃，但是在达到一定的年龄之后，大脑的中枢系统则会默认为语言学习已经完成，八公的著作里曾经提到过。

我喜欢看小喜喜们咿呀学语的这个状态，并把这些数据进行提取转换。八公和妈妈也对我能够进入现在的工作状态感到非常惊喜，他们说，这个研究打破了喜喜研究素来的瓶颈，因为我带入了一个词——可沟通，W 星人与喜喜们进入了一个可沟通的状态。在这个可沟通的过程中，我感受到我的内里产生了一些“逐渐”的变化，可能就像八公所说的这是不稳定的脑电波的浮动，喜喜们把这叫作“快乐”。

在这之前，我居然从没有想过高效的 W 星人居然是不快乐的，这个时候我忍不住要开始羡慕小喜喜们了。

6

在这里却看不到喜喜们 5 级到 8 级之间的形态，我曾经问过妈妈和八公，什么时候我能进行下一步的成年喜喜的研究。在研究所的老年喜喜们总是对此讳莫如深，每次见到我，老年喜喜们总是对我非打即骂，甚至把年幼的喜喜们扯走，每次见到我就像见到了什么必须要躲避的瘟疫。

但是每次说到这个话题的时候，妈妈和八公的脸色就开始变得凝重了。成年喜喜们到底去了哪里？妈妈和八公说，研究所对小孩开放的研究项目仅仅限于小喜喜而已。

有一些话题不是小孩子该问的，但是你知道，这个世界上，最该被回答的就是小孩，因为如果你不把答案告诉小孩的话，那么小孩总会忍不住自己去找到答案。

但是在喜喜研究所，没有答案。没有人会回答成年喜喜们在哪儿，又去做了什么。

我问一只老喜喜，研究所究竟把成年喜喜们放在了哪里，又做了什么。“囚禁，没有自由的囚禁。”一只多嘴的老喜喜恶狠狠地说了一句，然后被拉跑了。

7

我最近在想我究竟要不要做一个小孩，始终做一个小孩。就像我曾经看过的博物馆里存留的一部影片，叫作《彼得·潘》。我一直感觉我们 W 星人引以为傲的就是直接和简单，那么我没有必要复杂地长大。

我有的时候感觉，不仅是我在研究喜喜，喜喜也在研究我，研究 W 星人的生活方式、处事方式，以及高效的运转系统。我最近感受到一股逆向的脑电波浮动，喜喜们把这叫作“忧虑”，不知道为什么我已经不像原来那么快乐了。

我曾经在喜喜研究所跟踪过妈妈，有那么一次，妈妈为一只成年的喜喜做最终的数据测量。数据测量之后，她就带成年喜喜进入了研究所最终的高级机密区。我备好隐身衣，尾随在后面。我发现研究所所说的高级机密区并不在别处，也不是一栋特别伟岸的建筑，而是在研究所内，全部深埋在地下。

我开始慢慢教喜喜们一些东西，一些他们喜欢的东西，我有的时候甚至觉得他们学起宇宙飞船驾驶会比找一个爱果来得更轻松。不知道什么时候老年的喜喜们也开始靠近我。有些年长的喜喜甚至跟我说起了“地球”。我看着老喜喜们忧虑的表情，不知道该如何去定义这个词汇。

我把银河系中那颗蓝绿色的星球图片无限放大，看着老喜喜们眼睛里透出来的光和喜悦，看着老喜喜们眼里的眷恋和忧愁，老喜喜们说那个东西叫作乡愁。

八公说，地球曾经是一个非常有名的存在，这种存在就像地球人所熟知的楼兰圣地、古巴比伦，仅仅只能作为历史去瞻仰，去回味。因为就像最初一代带回喜喜的太空航行员所反馈的信息，地球已经成为荒芜的存在。

8

“其实 W 星球的人一直在撒谎对不对？”通过研究所的地下穿行隧道，我跟着妈妈带着一只沉睡的喜喜打开了高级机密区的大门。是的，我不想再做一个小孩了，可能我需要一些别的东西——对等的力量和一些内心的镇定。W 星球同意了我的形态调整申请。作为成年人，我正式成为研究所的一名研究员。这是我第一次进入高级机密区。

高级机密区的喜喜们跟外面的喜喜们截然不同，外面的喜喜们都是自由的，都是愉悦的，就像我们W星人是自由自在的，而这里的喜喜们都固定在椅子上，头上插满测定电波的仪器。

“你说的撒谎是关于什么？”妈妈反问我。当我成为一个大人的时候，我才发现，原来一直强大的妈妈不知道什么时候开始变得不那么强势了，她的眼神开始躲闪。

“你知道的，关于地球。”

“关于地球的什么？”

“其实地球一直存在，而且一直非常美丽。那些荒芜都是假的，只是W星人掳来地球人的借口和托词，对吗？W星人对于地球人来说从来都不是保护者，而是掠夺者，是施虐者。”我看着这些被囚禁的喜喜们脸上狰狞愤怒的表情，难道喜喜们就是在这里度过了他们的中间形态吗？难道我一心向往的喜喜研究就是这个样子吗？我想起老喜喜们所说的不自由毋宁死，心里开始觉得阵痛。

“你从哪里听来这些故事？”妈妈把两条毛茸茸的机械臂环抱起来，做出来一个拒人于千里之外的姿势，“我就说当初你不该养一只小喜喜，我建议你应该去记忆清洗区清洗一下你的记忆，这样对你的成长和发展比较有利。”

“你忘记了，喜喜们的记忆是依靠情感、情绪来维持的，并不像我们W星人一样易于消除。只有亲历者才有资格来述说真相。”我盯着妈妈的眼睛，这不是质问，仅仅是代替喜喜们陈述。

“你不懂，这远远要比你想象的复杂得多，你应该站在W星球的角度上去考虑，如果情绪脉冲的研究项目成功了，那么W星球的整体运行方式可能会更高效更强大。”妈妈又表现出了作为职业女性的谨慎高冷的状态。

“这个世界总归要有强有弱，如果强者只是一味地吞噬弱者，那么这样的强大又有什么意义呢？有些东西远比所谓的强大更为厉害！”

“那你说说是什么呢？”妈妈反问，我没有回答。我转身离开了，我不想让妈妈看到我情绪失控的脸，我想起八公说的：其实W星人不应该去研究喜喜，因为喜喜研究得久了，会让人觉得内心变得柔弱。对的，这个时候我开始觉得内心柔弱，我跟妈妈之间维系的纽带除了我们W星人普遍的日常的关照，是不是应该有些别的，这些别的真的比单纯的强大更为重要。

9

地球历法的九月，是一个收获的季节。有那么一阵子我喜欢把自己扔进爱果园里，当然，人长大之后就会有长大的不好，小时候感觉爱果园美好得就像是一幅风景，感觉爱果园宛如最美妙的仙境，长大了之后你就知道你眼前的不过是堆叠的电子屏幕。它只不过是能反观你内心的欲望，给予你想要的物质。

我常常在爱果园里想念喜喜用四条肉乎乎的短腿跑来跑去的样子，想念喜喜在爱果园里为我找到的爱果，想念喜喜满足后嘴角上扬的微笑。

我跟八公还有妈妈开始了一项新的事业，倡导W星人的高效快节奏生活变慢一点再慢一点，去体味一些其他的东西。我们把从地球上收集来的图片和信息拿到W星球举办展览，很多W星人开始惊叹那些无法想象的线条、光影、思维的精妙，我们也开始慢慢体悟到这种快与慢的结合更适合W星人的发展。除了高效，我们还需要一些其他的东西，而这些都发生在喜喜们驾驶太空飞船集体出逃之后。

我看着屏幕上喜喜们驾驶太空飞船集体出逃的新闻。太空飞船外部被喜喜们喷绘了一行大字，是的，我明白喜喜们想告诉W星人需要的是什么，对的，他们替我回答了那天没有告诉妈妈的答案。

爱与自由。

《读友》2020年第9期

精彩点评

《喜喜饲养记》说的是一位外形类似赛博格机器人的W星小孩要豢养一只外星宠物喜喜。为了养好喜喜，他在喜喜科学家八公的指导下学习了解了喜喜的生活习性和语言，同时也了解到喜喜原来就是来自地球的人类。随着了解的加深，他与喜喜产生了丰富的感情，也了解了喜喜的喜怒哀乐，以及与W星人本质的区别。在喜喜的影响下，他也产生了与喜喜一样的感情，并对被囚禁的喜喜深表同情，最后他帮助那些喜喜逃离了 W 星人的囚禁。

小说中，对 W 星人的描述是外形是机器，学习思考靠芯片，通过更换芯片来更新知识和技能，同时也可以自由选择成为小孩或者大人。与人类相比，这种形态有着非常多的优点，但缺点也很明显，就是感情非常简单或者说是非常缺少感情。

很多的时候，我们写小说都是从人类中心主义的角度去写，一切都是围绕人类的所见所感所思，但实际上这个宇宙中还有很多其他生物，我们也要考虑他们的发展。《喜喜饲养记》以反人类中心主义的视角去描绘故事，让我们在读故事的时候去思考：如果人类成为宠物又该如何？故事通过一个美好的结局让我们产生了感情的共鸣，要善待地球的生物，也要善待我们所豢养的宠物，他们是和我们一样的生命。同时也让我们在繁杂的生活中了解，感情是我们这个社会最核心的东西。

江苏省科普作家协会科幻专委会主任　付昌义

曼努埃尔之歌

◎张　潇

曼努埃尔总是静静地坐在原地，金属铸成的身躯连同那颗有机体脑袋一动不动，依靠身上延伸出的导线来掌握周围的一切动静。

曼努埃尔不爱说话，但他无疑是一位称职的导师。在我成长的过程中，每一项生存所必需的技能，都是在曼努埃尔的教导下获得的：他教会我利用信息网络获取有机物的信息，再借由地热转化而来的微薄电力将其分解，最后只要利用特定的程序就可以将分解后的信息转化为我可以吸收的营养了。

进食的过程之所以如此复杂，是因为我们生存在一个被称为“墓地”的地方。这里没有光，没有热，没有任何活着的东西，仅剩一片死寂。按照曼努埃尔的说法，这里超出于世界的开始与终结之外，是虚无，也是永恒。

在这片难以计量大小的墓地之中，除了我和曼努埃尔之外再没有别的生灵，但墓地之上的虚空中，每时每刻都与外界交换吞吐着海量比特的数字信息。这些信息嘈杂无序，庞大又没有意义，近乎宇宙熵增的现实映射，只是随着时间的流逝，日复一日壮大下去。

每天游荡在墓地里，捕捉一缕无意义的信息流，分解成营养，变成维持自己生存下去的能量——从记事起，我就过着这样的生活。大部分时间里，我以为自己的生命只会以这样单调的模式重复到无限遥远的未来。然而这一切在某个时候发生了变化。一个偶然的机会，我发现自己可以从嘈杂无序的信息流中分离出一些信息来，这些信息经过某种算法后最终呈现为一些零碎的对话。最开始，我对此十分兴奋，跑过去告诉曼努埃尔："曼努埃尔，从信息流里，我听到有人在说话。"

他动都没动一下，似乎兴趣不大："他们说了什么？"

"世界杯决赛阶段，点球，还有什么'他不是一个人在战斗'，我听不太懂。"

"听不懂的东西，一定都不重要。"

"好吧，那么曼努埃尔，为我唱首歌吧。"

"我拒绝。"

曼努埃尔说的从来都是对的，我没有再把那些声音里的内容放在心上，但是这不影响我把逆向破解这些信息本身当成一种娱乐活动。

我沉迷于此，并将收集到的信息分门别类归纳起来——这可不是一件容易的事，这些信息来自不同的时代、地域、群体，其间的关联往往错综而隐秘，同样一个词语在不同的语境中也会千差万别。在这样的忙碌中，我感觉以往枯燥的生活变得有趣起来，于是愈加乐此不疲。而曼努埃尔对此从来不置一语，他只是岿然不动，静静地看着我在那里瞎忙活。

随着收集到的信息越来越多，我的数据库已初具规模。我发现所有被解析的信息都来自一个地方，在那里，许多不同的族群居住在不同的大陆板块之上，文明的发展前后历时几千年的积累，他们称呼自己居住的星球为“地球”。现在我能够推测出，一段对话是来自 15 世纪欧洲帝国的上流社会，还是战争后飞速发展的美洲大陆新世界，又或者是 21 世纪互联网蓬勃的创业大潮中。当这些历史交织起来成为一张文明的图谱，我获得了超出想象的成就感，一时沾沾自喜。

在这个积累的过程中，我还发现了一件令我感到惊奇的事，在少部分来自 22 世纪后的对话里，我听到的一些声音里面提到了“曼努埃尔”。

似乎从 22 世纪起，就有人开始谈论曼努埃尔，这个频率随着时间向后推移越来越高，到 23 世纪达到了高峰。而这是我收集到的地球最后的历史，在那之后，似乎这个文明便陷入沉寂。

曼努埃尔，曼努埃尔，这究竟是一个过于常见的名字，还是具有特定意义的指代？比如陪伴我长大的这个曼努埃尔。

我把这个问题抛给曼努埃尔的时候，他只是叹了口气，身躯嗡嗡作响了一阵，最后还是一动没动。

我有时候会怀疑，他那太久没有移动的身体，是否已经完全锈蚀，想动都动弹不了？出于为他保留面子的考虑，我从来没有问过这一点。

“时机未到，我们还要继续等待。”他的声音缓慢而低沉。

“我们要等待什么？”

“等待那个我们都脱离不开的过去的影子变得清晰。”他的回答似是而非。

“所以你还是不愿意为我唱首歌？”

之后任我怎样追问，曼努埃尔都不再说话，我只好继续去积累来自地球的只言片语。随着掌握的信息越来越多，我的脑子里慢慢地能够拼凑出地球文明的形态了。而且我现在大体知道那些地球人长得是什么模样，简单来说跟曼努埃尔很像，但又有明显不同。地球人的身体同样由头颅、躯干和四肢组成，这一点跟曼努埃尔一样，但不同的是，地球人的身体是由有机物组成的，他们的体表覆盖着皮肤与毛发，更偏向于是动物而非机器。

同时我也了解到，自 21 世纪开始，地球上已经出现了机器人，如果曼努埃尔是在地球上的 22 世纪被制造出来的，恐怕这也并不奇怪。我猜想他被地球人造出来后，就从地球上逃出来了，因此才在接下来的日子里一直被地球人关注和寻找。这样的发展完美契合了我一直以来的猜测：曼努埃尔不爱动，躲在这个鸟不拉屎的地方不知多久，想必是在躲避仇人的追捕。想到这里，我暗自在心中发誓，如果真的有一天曼努埃尔的地球仇人找上门来，我一定得保护他才行。

“曼努埃尔，我知道你是什么了。”最近我有了些新的收获，又跑来找曼努埃尔。

“我是什么？”他连眼睛都没有睁开，我总觉得他的行动似乎越来越少、越来越缓慢了。

“你是系统，是外挂，是金手指，是我的随身老爷爷……好吧，随便叫什么都好，总之你很重要。”我得意扬扬地运用着自己学来的“新鲜词汇”。就在前阵子，我从信息流里提炼出许多小说的片段，读得津津有味，后来才知道这是当时地球人打发时间的重要娱乐方式。

曼努埃尔呆滞了半晌，才开口说：“你将自己当成了主角。”他的反应似乎真的越来越慢了。

“得了吧，这片墓地里除了你就只有我，难道我们不算是主角？”

曼努埃尔没有接我的话茬，转而问我，最近能接收到的信息是不是越来越多了？这还是他第一次主动与我谈起来自地球的信息。

“也许快了吧……”交谈的最后，他意味深长地说。对这样遮遮掩掩的说法，我向来嗤之以鼻，绝不会多问他一句。

23世纪的声音确实比其他时期少，让我感到有些担心的是，地球似乎正面临毁灭。

“曼努埃尔，你说，23世纪的信息这样少，也许那就是地球上最近在发生的事情呢。”

“不会的，这些声音来自比你想象的更为遥远的过去。”

“听起来你对地球很了解啊？”

“你听到他们谈起了什么？”曼努埃尔对我的问题漠不关心。

“战争打响了。可怕的武器被制造出来，一旦真的启用，地球文明将会倒退几千年。”

“过于乐观了，地球文明并没有倒退几千年那么简单，它被彻底灭绝了。”

“你说什么？”

“我……我曾亲眼见证有关的一切，那场末日的浩劫。”

接下来，曼努埃尔告诉我，地球在23世纪时就近乎被毁灭了。战争与新武器的出现，最终让整个地球都被包裹在霾云之中，这层禁绝的结界将地球与外界彻底分离开来，电与磁，光和热，全部被隔绝在外。

于是，地球人连同他们曾创造的辉煌文明，就此灭绝。

“一片荒芜，暗无天日，鸟不拉屎……你说的这个地方有些熟悉啊！所以我们生活的这片墓地，难道就是地球吗？”

“曾经是。”

这个具有冲击性的事实让我有些愣神，等回过神来，我连忙问：“那我们是谁？我也和你一样是从那个末日时代生存至今的孑遗吗？为什么我全都不记得？”

“你是曼努埃尔博士。你的问题有点多。”

“我是曼努埃尔？那你又是谁？”

“我是‘曼努埃尔一号’。我们现在是一体的。”

“我是曼努埃尔，你也是曼努埃尔？！”

一种醍醐灌顶的滋味骤然自心头涌起，这一瞬间我想起了许多东西。纷至沓来的画面向脑海中涌入，山川崩裂，暗无天日，避难所里的几盏LED灯的光，成为人类文明最后的光。等到这一星半点的光亮也无法维系后，我在匆忙之中启动了程序，把自己变成了现在的模样。

在人生清醒着的最后时刻，我应该是给自己唱了一首歌吧，但可悲的是，我已经记不清歌词，也不知道旋律了。

随着我的一个动作，这具亘古不变的沉重躯体，终于稍微动了一下，顷刻间地动山摇。

我从没注意到自己没有实际的躯体这回事，因为我和“曼努埃尔一号”共用一个身体。

在末日到来的那一刻，我为了生存而将自己改造得只剩一颗头颅。换言之，面前这个挂着人类头颅的金属怪物不是别人，正是我自己。可笑的是，我竟然从来没有想起，这正是我为自己打造的模样。“曼努埃尔一号”之所以从来一动不动，是因为理论上我控制着身体的主导权。

我是曼努埃尔，可曼努埃尔不仅是我。主我，客我，他我，镜中我……谁是我？我是谁？

我永生不灭，我万世长存。

“我想起来了。‘曼努埃尔一号’，谢谢你一直以来对我的照顾。”我有些感慨地说。

“不客气，博士，我的使命已经快要结束，接下来要看你的了。”他的声音渐渐低沉。

一段似有若无的旋律响起，我轻轻跟着节拍，金属的骨架发出噼啪声，那些身为人类的记忆愈加清晰起来。

在我还没有回想起这些之前，我以为自己有一天要站在“曼努埃尔一号”面前保护他。然而在我不知道的漫长时间里，在我业已遗忘的世界之中，“曼努埃尔一号”已经守护了我不知多久，而我却对这些一概不知。

我是最后的人类，他是最后的机器人。他本可以不朽，但为了守护我，以最低功耗模式维系了不知多少万年的运转，终于等到了地球阴霾散去的这一天。

那些声音来自地球之外，是人类过去所有活动留下的影子，是那些被湮灭的历史切实存在过的证据。声音信号的回归，意味着霾层正变得稀薄，地球的天空将会再度澄澈，我仰望穹顶之上，将所有收集的信息一一辨认。

这部分是历史人文，那部分是地理水文，还有一些是哲学思辨，人类文明所有的一切都埋葬在这片墓地之中。还有，潘多拉魔盒里最后也是最宝贵的东西——希望。

我动了一下身体，又是一阵狂风大作。扎根于破碎的地球之中，“曼努埃尔一号”的身体已经成为墓地本身的一部分。我操控着金属平台升起，在一阵吱呀乱叫的摩擦声中，金属平台将我推向了更高的地方、距离天空更近一点的地方。

伴随着一个指令，我的眼前从数字视界切换到了生物视界。这时我才发现，地球并非全然黑暗，在目光所及的最远处，一道依稀的地平线在光影交错之间浮现出来。

我迫不及待，想要看清楚地球在地平线之上，太阳是否仍照常升起。明明已经历经了数万年的等待，此刻我却连多等一秒钟的耐心都没有。

终于，在那光与暗的分界线上，一团模糊的红色犹豫着露出了羞怯的脸。

曼努埃尔的旋律也恰好在这一刻达到了高潮乐章。

“‘曼努埃尔’，从 22 世纪起，我就在构筑这样一个场景，想要以这样的方式，为人类的文明留下最后的种子。直到战争爆发之后，我才终于有机会实行这个计划。但可惜的是，一切已经晚了。可是，到了今天，一切也还不晚。”

我解开对这具身体的束缚，从金属平台上缓步走下来，每一步都重逾千钧。

我和他，两个孤魂野鬼，僵而不死的尸骸，背负着过去与未来的重荷，苟延残喘这许久，只是因为，还有一些东西值得期盼。

有过去的一切经验，有焕然一新的家园，我们可以重建人类的文明，让人类再度于这片大地上放声歌唱。在此之前，我得先修好“曼努埃尔一号”那因为上万年守望而枯竭的意识模块，起码得让他多学几首歌吧，要不然以后的日子我岂不是要无聊到死。

天空渐渐亮起，那些原本混沌不清的外部景象，一一变得清晰。

阴霾尽去，历经无数岁月的等候，群星终于再度亮了起来。

“曼努埃尔，让我为你唱首歌吧。”

《中国校园文学》（青春号）2020 年 11 月刊

精彩点评

《曼努埃尔之歌》说的是地球上最后一个机器人和最后一个人类的故事。最后一个机器人保存了地球在毁灭前的文明与知识，留待最后一个人类的苏醒。最后一个人类在缓慢的沉睡中苏醒了，他也逐渐了解了这个已经毁灭的地球，并尝试去恢复地球的生机。

这篇科幻小说将末日危机、机器人等元素融合其中，虽然是以人类重新认识地球的视角来描写故事，但故事缓缓展开，读者深入其中已无法分辨主人公到底是人类还是被改造的机器人。“曼努埃尔一号”是留下的机器人，“我”是残存在机器人身上的曼努埃尔博士的头颅。如果不仔细去辨别，真的无法分辨。

这篇小说的独特之处在于，开篇以两个视角的对话开始，让大家以为“我”是机器人，曼努埃尔是陪伴“我”的人类，但在故事中间，“我”了解真相之后才发现，其实“我”才是曼努埃尔博士，“我”才是寄生在机器人“曼努埃尔一号”躯壳中的一个头颅而已，在这里两个视角又重新合二为一。这在末日科幻作品中尤为特别，因为它展现了无穷的孤独感，让我们充满了绝望而又留下了希望。另外，小说又对人类自身因为战争导致地球末日的故事进行了深刻批判与反思，并为未来地球的复兴与人类的重归提出了可能。这是对最后一句“曼努埃尔，让我为你唱首歌吧”最好的呼应。

江苏省科普作家协会科幻专委会主任　付昌义

客星遗稿

◎ 连　城

琉璃海是一片浩大的水泽，疆界奇特，有放射形的六个角，千百年来如同一颗巨大的六芒星，静卧于平野之上。

载夷和祝先生居住的草堂，就在琉璃海的正西方，两角星芒之间。

载夷是孤儿。好心的祝先生收留了他，把他从蹒跚学步的孩童，教养成一名青葱的少年。对祝先生，载夷是感激的——何止是感激，简直是敬爱。这位学识渊博、风骨高尚的老先生，在荒凉的琉璃海边一住数十年，教化民众，周济贫苦。他的草堂被人称作“琉璃书院”，先后教养了数十名贫寒的渔家子弟。载夷随大家称呼祝先生为“先生”，但在他的内心里，却是把祝先生当父亲或祖父一般看待——祝先生七十三岁了，载夷十五岁，就年纪来说，祝先生的确可以做载夷的祖父。

祝先生年纪大了，没有精力再带许多学生，他身边，现在只剩下载夷一个人。

虽然精力不济，祝先生观星的习惯却从未改变。每当天气晴好，暮色降临，他就带着载夷早早登上草堂之后的观星台。那是坐落于小丘陵上的一块巨大青石，地势既高，视野又开阔，是观星的极佳场所。

祝先生观星数十年了，他的所有弟子都会观星，载夷也会，且比师兄们更出色——载夷和祝先生一样，对遥远而神秘的星空有着巨大的好奇和热爱。无数个夜晚，年幼的载夷一边口诵《步天歌》，一边指点星空，辨认星位：

“中元北极紫微宫，北极五星在其中，大帝之座第二珠，第三之星庶子居，第一号曰为太子，四为后宫五天枢，左右四星是四辅，天乙太乙当门路……”

一步一句《步天歌》，一步一步，载夷长大了。

载夷长大了，祝先生也老了，这个冬天，再上观星台，祝先生已经需要载夷搀扶了。

祝先生最喜欢冬天。冬天里观星，云气少，星辰亮，比春夏秋三季看得都清楚明白。

载夷知道，祝先生喜欢冬天的理由不仅仅是这些，他一直在等待一颗罕见的客星，那颗客星只在冬天出现，或者说，只在冬至的前后出现。

观星台上，朔风凛冽，满天的繁星，就像清水洗过一样明亮。

祝先生的眼睛比星星还要亮。他推开载夷搀扶他的手臂，环视了一遍星空，又向琉璃海里望了望。

夏日里水势漫漶的琉璃海，在水落石出的冬季，恢复成标准的六芒星模样。一川烟水早已冰封，星月的冷光从高空映照下来，广阔无垠的冰面晶光闪耀，恍若万顷琉璃。祝先生和载夷虽然无法窥见琉璃海的全貌，但是他们都知道，一年四季，此刻的琉璃海最为壮美。

“后天就是冬至了。”祝先生说。

载夷听出祝先生声音里的兴奋。他也很兴奋。那颗客星太罕见了，从祝先生的老师——司空老先生算起，两代人，观测了一百多年，仅看见它三次。

司空老先生——从这个姓氏可以知道，他祖先的职业就是观星的。

司空老先生世代居住在琉璃海边，草堂就是他的产业。而祝先生呢，原是一位异乡的儒士，慕名投到司空老先生门下学习天文历法。后来，司空老先生死了，祝先生留了下来，继承老师的草堂，还有他未完成的研究。

“冬至前夕，有客星忽临琉璃海。如斗之大，其状略似倒覆莲蓬，无蒂而有光，昼隐夜现，神出鬼没，数日乃去。”

这是司空老先生第一次观测到那颗客星的记录。祝先生曾经把手稿拿给载夷看过，纸张已经脆黄。

而下一则记录，是在三十六年后：

“冬至之夕，约子时许，有客星忽临琉璃海。如草亭之大，其状略似倒覆莲蓬，无蒂而有光。停驻于海中沙洲上，有两人自中出，皆白衣裹体，四肢短小，头圆目方，目间隐隐有星芒。额间均有纹章，一似三叉戟，一似四芒星。三叉戟者身长约四尺，四芒星者身长约三尺五寸。余在海边遥视之，与余注目良久，倏入星中，盘旋乃去……”

司空老先生画下了客星的形状，还有星中人的样貌。那些画稿，载夷观摩过不止一次，星的形状确实近似倒覆莲蓬，星中人则像粗笨的土偶。至于他们的面貌，还有额间的纹章，就更奇特了，让人看过一回，永生不忘。

这颗客星——据司空老先生推测，两次降临琉璃海的应是同一颗星——司空老先生一生最大的发现。他穷其一生寻找它、研究它，可惜，直到过世，也没能研究明白。

司空老先生把他未竟的研究交给祝先生。祝先生兢兢业业地观测了数十年，寻找了数十年，只见过客星一次。也是冬至之日，也是午夜时分降临冰封的琉璃海，祝先生也看见了星中人的样貌。两个客星人，无论身材和样貌，都和司空老先生描述的一模一样。

祝先生画了很多图，每一张图，载夷都看过。跟司空老先生留下来的图像相差无几——甚至可以这样说，那些图像，完全是一样的。师生两代人看到的客星，是同样一颗客星。客星中走出的两个人，是同样两个人。

客星之说，古已有之，意谓过客一般的星辰。司空老先生和祝先生查阅过浩如烟海的典籍和野史，天外客人乘星而来，的确有过一些记载。但是，那些记载，和司空老先生、祝先生观测到的，都不一样。

祝先生曾经各处去寻访，记录从古至今的传说和九州四海的乡谈，结果证明他的推断是正确的：每三十六年在冬至之夜降临琉璃海的客星，宇宙独一无二……

祝先生和客星人有过近距离的接触。那一年，他三十七岁，正是一生中最机敏强壮的年纪。

那年客星在琉璃海盘桓了六七日，忽隐忽现，神龙不见首尾。祝先生废寝忘食地追踪它：他穿着便于在冰面滑行的木屐，带着冰杖、饮水和干粮，无日无夜，在琉璃海上寻找。

冬至的琉璃海，水面下沉，一些沙洲显露出来。

一日凌晨，祝先生转过一处沙洲，猝不及防，遇见了两名客星人。

祝先生曾无数次向载夷讲述当时的经过：

那两个客星人，各乘一辆蛋形的怪异小车。小车在冰上滑行，一丝声息也没有。当他们发现对方的时候，彼此的距离只有两三步。

两个客星人看着祝先生，祝先生也看着两个客星人。没有人说话，时间仿佛停止，只有西北风呼呼地吹着，吹得祝先生的衣袍猎猎作响。

两个客星人仿佛注意到了这一点。他们对视了一下，将目光投注到祝先生的衣袍上。

祝先生也趁机观察了客星人的衣服。他不大肯定那两个人有没有穿衣服，他没看到一角布料，也没看到衣服的缝隙，难道，天衣果然无缝？

祝先生将冰杖放下，向两个客星人拱了拱手——怎么说，他也是主，人家是客。

“幸会！幸会！”祝先生客气地说道。

两个客星人又对视了一下。后来，他们也说话了，只是发音很怪，“咕磁咕磁……”类似锔碗匠打磨瓷器。祝先生一个字都听不懂。

祝先生很失望，也很着急。北风吹得那么紧，他却出了一身汗——不能和客星人建立有效的联系，怎么知道他们来自哪里。

祝先生灵机一动，用冰杖的铁尖在冰上写了几个字：“请问客从何处来？”

那个身量较高、额有三叉戟纹章的客星人走下蛋形小车，来到冰上，观察祝先生写下的字迹，良久，抬头，看着祝先生一言不发。身量较矮的那一个也下了小车。看过祝先生的字后，他和同伴一样，也是看着祝先生一言不发。

祝先生明白了，客星人看不懂他的文字。

不过，客星人似乎看懂了祝先生失望的表情。其中一人伸出手指——他只有三个手指！他用中指指向冰面，指尖微光闪烁，冰面上瞬间出现一串纹路，纹路的样子极怪，比上古时的蝌蚪文还要怪，祝先生完全不认识。

祝先生心中又是失望，又是焦急……

两个客星人注视祝先生良久，上车走了。没有留下丝毫痕迹，倏然消失。

祝先生跟载夷说：“我们随着岁月的流逝逐渐衰老，客星人却有可能不会变老。看今年冬至日，客星还来不来。如果有幸再见两人，要是他们的样貌没有变化，那就可以证实我的推断：客星人是长生不老的。如果不是这样，他们的寿命也绝非我等凡人可以比拟。”

“难道古书上说的星槎是真的？”载夷问。

祝先生略一思忖，道：“谁说得清呢！我等凡夫能力渺小，就算在这个世界之外还有其他世界，我们也是不知道的。”

载夷没有作声。祝先生的话，他当然赞同。

星空辽阔而沉寂。黎明前夕，在载夷的再三劝说下，祝先生离开观星台，回草堂休息。

回到草堂的祝先生还是不能安心。他一边在灯下整理文稿，一边对载夷说：“客星人再来，如果可以，我打算与他们同去。”

载夷惊讶地看着老师。

“司空先生的一辈子，我的一辈子，都应该有个着落。我要弄清楚客星人的来处，他们的世界是怎样的。我一定要亲眼看看他们的世界……”

“可是，万一您回不来了呢？”

祝先生淡然一笑：“不要紧。我七十三岁了，就算今日死，也是古稀之寿。以残年窥见客星的秘密，怎么说也值了！”

载夷苦笑：“可是……”

“时候不早，你去睡吧。我也要睡了。客星就要来了，得有个好精神啊。”

载夷闷住炉中炭火，回到自己房间。在枕上他想，祝先生这个打算，显然是置生死于度外了。

第二晚，天空微阴，星月不明。虽然不利于观星，祝先生还是带着载夷上了观星台。

载夷给祝先生披上了最厚的棉袍。他自己两手也缩于袖中，努力注目，向夜空中寻找客星的蛛丝马迹。

黎明时分，客星没有出现，载夷把祝先生扶下观星台。

载夷听到祝先生的喘息声，仿佛风箱拉动。

“先生，你受风寒啦？”

“不要紧！”祝先生摆了摆手，“不过是灌了一些寒风，回去喝一碗姜茶就好了。”

回到草堂，载夷扶祝先生躺下，把炭火盆拨旺，又急急烹煮姜茶。

祝先生喝罢姜茶，跟载夷说：“你也喝一碗祛祛寒气。千万不要病倒了，虽说是三十六年来一次，谁知今年会怎样呢，凡人寿数不定，万一误过，就是千载……”

“知道了，先生。”

载夷也喝了姜茶，回房睡到次日近午才起来。

祝先生病了！他发着高烧，盖了两重被子，还是抖个不停。

“先生！请茅郎中来给你看看？”

茅郎中住二十里外的茅家村，现在是未牌时刻，载夷一去一回，回来天就黑了。再加上茅郎中诊病，祝先生想，一定会耽误事情。

“不！你取些紫苏、葱根、生姜之类，煎汤来给我喝一碗就罢了。”祝先生说时，就要披衣起床。他两颊红赤，喉内呼呼作响，载夷看得难过，赶紧按他躺下。

“等我煎好药汤，你再起来也不迟。”

喝过药汤，祝先生的脸色好了些。到晚间，载夷又煎了一碗浓浓的姜汤，待祝先生喝下，才扶他去观星台。

天空比昨夜更加阴沉。在观星台上四望，几乎一颗星星都不见。祝先生焦急地不停走圈子。

祝先生急，载夷也急——他还一次都没看过客星呢。

因为一直不停步，祝先生血脉运转，喘息倒平复了一些。

约在亥牌时分，观星台上伸手不见五指。琉璃海也看不见了，目力所及，一片漆黑。

祝先生心内焦急，脚下越发急促了。

载夷看着祝先生的样子，不知道为什么，忽然流下泪来——对于老师来说，这是他观测客星的最后一次机会了，如果对方未出现，他必抱恨终天！

载夷正拭泪，忽然，高空一闪，仿佛千万盏明灯同时点亮。载夷赶紧抬头，见是一个莲蓬形的大物在空中盘旋，六盏明灯直射大地，白灼灼的光焰耀人眼目，四野细物，一览无余。

祝先生目不转睛地盯着那物，双眼仿佛比灯光更明亮——客星又来了！时隔三十六年，在冬至之夜，它如期而来！

白光在观星台上闪过，一次，两次，三次……祝先生高高地仰着头，目不转睛地注视着它。

客星在观星台上盘旋片刻，倏然向琉璃海飞去。

祝先生急急奔下观星台。载夷紧紧地跟在祝先生身后。

他们来到琉璃海边。客星就在眼前。它停在冰面上，六盏大灯已熄，只在周身流转着无数小灯。有一扇门打开了，在离门不远的冰上，站着两个人。一人高约四尺，一人稍矮些，约三尺五寸。两人都穿着无缝的紧身白衣，双眼如同星光闪耀。

载夷跟着祝先生急趋上前，看见两人额头都有纹章，一个是三叉戟的形状，一个如同四芒星。

是那两个人吗？七十二年前，司空老先生看到的？三十六年前，祝先生看到的？如果是，那他们一定是不老之躯。

两个客星人默默地看着祝先生，以及他身后的载夷。

祝先生从怀里取出一卷东西，在冰面上徐徐铺开。风在这时候止息了，两个客星人围拢来，看那些发黄发脆的画卷。那是司空老先生的画像，他绘制的客星图像，客星人的图像，客星人额间的纹章，还有祝先生自己绘制的，一卷又一卷，一卷又一卷……

客星人把所有画卷都看过，抬起头，看着祝先生。

“一百零八年前，我的老师第一次看到你们的星槎降临琉璃海；七十二年前，他有幸瞻仰了二位的仙容；三十六年前，我与二位在沙洲之畔相遇；今天，我和我的学生一起，又和二位相逢。何其之幸！”祝先生说。

两个客星人不发一言。他们的脸孔是玉白色的，皮肤紧绷，眼睛仿佛隔着一层水晶镜，除了星芒，看不出任何表情。

两个客星人面对面说着话，“咕磁咕磁”“咕磁咕磁”……两个客星人交换过几句话之后，其中一人向前迈了一步，望着祝先生，指了指天空。

祝先生毫不迟疑地点头。

另一个客星人好像是学习祝先生的动作，也点了点头。

后来，额头有三叉戟纹章的客星人抬了抬手，那大屋一样的客星“咔”一声轻响，由腹部降下两辆蛋形小车来。小车上部是透明的，客星人打开其中一辆，请祝先生进去。祝先生刚要往里钻，忽又顿住了。他回头跟载夷说：“把笔墨纸砚给我取来，再带几部书！我要把看见的都记录下来，无论生死！如果有幸重回琉璃海，我就把记录交给你；如果不能，我也要教化他们，如孔夫子一般，收罗客星门徒三千……”

看到祝先生的笑容，载夷很想哭。但是他没有时间哭，因为祝先生挥手示意他快去。

载夷一边跑一边回头。他看见两个客星人上了蛋形小车，看见他们驾着小车隐入夜色，看见祝先生一人站在幽暗之中，身上衣袍无风自舞。

载夷全力奔跑着，泪雨在身后飘扬。

载夷跑回草堂，点起灯烛。他急急地收卷笔墨纸砚，急急地收卷诗书文稿。后来，他把收卷的东西装入一只小藤箱中，背上身，又往琉璃海奔去。

两个客星人还没回来，只有祝先生一人站在冰上。祝先生检查了载夷带来的书籍，有《甘石星经》《山海经》《诗经》《梦溪笔谈》，还有几本唐诗汉赋。

“好！很好！”祝先生高兴地说。

祝先生把所有关于客星的纸卷都交给了载夷。

东方的天空开始变亮，一抹紫霞微微透了出来。

两个客星人回来了。他们好像刚干完体力活，身上挂着一些冰屑泥浆。

一辆蛋形小车上多了一个东西。那东西形如莲子，却比莲子大许多倍，周身冒着热气。

客星人下了车，略一抬手，两辆小车带着“莲子”升了上去，进入“大屋”之中。

客星人示意祝先生跟他们走。祝先生欣然提起藤箱，跟着两个客星人，踏上银梯，升到“大屋”门口。

在“大屋”门口，祝先生向载夷挥手。两个客星人也跟载夷挥手。祝先生是笑着的，两个客星人大约不会笑，只是发出一串串“咕磁咕磁”的声音。载夷猜测，他们一定在说：“不要着急，过三十六年，还会回来的……”

祝先生隐去了，两个客星人隐去了。银梯升了上去，“大屋”无声地飞了起来，迎着紫红色的朝霞，一个回旋，消失在远方的云影之中。

载夷低下头。两代人的手稿都在他怀里。等回到草堂，他要把这一切详尽地记录下来。祝先生这一生是怎样做的，他以后也会怎样做。三十六年后，等客星再回来的冬至，载夷会带着学生准时守候在琉璃海边的观星台。一代又一代，客星的秘密总有一天会被揭开……

《中国校园文学》（青春号）2020 年 9 月刊

精彩点评

古代典籍和野史中，有客星之说，也记载了天外客人乘客星而来的传说，但一般人多把它当作荒唐之说。这篇小说反向虚构了一个完全不一样的科幻故事，做出了不一样的科幻解释。小说写了司空老先生、祝先生和载夷师徒三代观星、追星和探星的故事，展示了我们古老民族探索未知的勇气、精神和情怀。

小说以“我们的祖先与外星人有过接触吗”为基本科学设定，把传说转化为一步一步看得见的故事情节。从琉璃海观星台的环境描写，到司空老先生的遗稿和遗愿；从客星每三十六年冬至前后的降临，到客星和客星人奇异的样貌；从最初的好奇和猜测，到置生死于度外、以残年一窥客星世界的殉道精神……在科学点子的推动下，人物性格情怀、小说主题思想得以彰显。

小说设定造成特殊的叙事视角，一边是低技术传统社会的求道者，一边是高科技的外星文明，小说以求道者的视角去观察客星和客星人，展示了全新的世界：客星形状“近似倒覆莲蓬”，客星人像“粗笨的土偶”，他们穿着无缝的天衣，额间有纹章，乘坐蛋形怪异小车，说着“咕磁咕磁”听不懂的话……小说利用两者的错位，造成特殊的神秘感和惊异效果，给人强烈的科幻阅读体验。

小说不以硬科幻描写见长，而以软科幻的故事叙述、人物描绘取胜。情节描写一波三折，极有叙事张力；人物刻画细腻，细节栩栩如生，画面感强。读完小说，冬至琉璃海辽阔的星空下，祝先生站立冰上、衣袍无风自舞的画面，他提着藤箱、笑着挥手飞升的形象，给读者留下深刻的印象，展示了作者人物描写、气氛营造的功力。

江苏省中学语文特级教师、科幻阅读推广人　曹勇军

疫剑决

◎ 超　侠

从未想到过，我和哥哥，能够在人体星球的肺山之巅，做最后的决战。

孪生兄弟，生死之战，却无可避免，可，你叫妈妈该怎么想。

这又有什么办法，如果不击败他，整个世界都要灭亡，他的疯狂，已无法阻挡。

我的剑遥指他那满是恶刺的脸庞，我只想令他住手，他却想将我化成梦与虚幻。

想起哥哥，想起我们的童年，想起了那个世界的黑暗。

哥哥说，我们诞生于此，就要生存于此，既要生存于此，就要竞争于此，击败敌人，是我们唯一的出路。

我记得我被殴打、追杀，吃不饱，穿不好，每次，都是哥哥站出来，为我抢夺资源，帮我对抗敌人，我才得以活下来。

毕竟我们所在的这颗蝙蝠星球，有 400 多种病毒，他们各自为政，从这颗星球上汲取能量，互相争斗不休，还要面对残酷的高温高压环境。这颗星球平时体温保持在 38℃，但其飞行时卡路里消耗剧烈，心跳每分钟超过 1000 次，导致体温蹿升至 40℃，害得我们都痛苦不堪，只能在夹缝中求生存，一旦熬不过去，就会被烧成灰烬。除此之外，这颗星球内一个被称为“干扰素基因刺激蛋白－干扰素”的物质受到抑制，刚好既能限制我们的生存，又不引发免疫系统强烈反应。那些免疫近卫军，四处暗杀，搞得我们只能东躲西藏，毒心慌慌。

哥哥非常羡慕那些名气很大、势力强横的病毒，比如埃博拉病毒、马尔堡病毒、尼帕病毒、亨尼巴病毒、狂犬病病毒、丽沙病毒、汉坦病毒、艾滋病病毒，等等，他们都是他的偶像。

总有一天，我们要离开这恶劣的环境！哥哥总是说，他要像那些席卷世界的前辈们一样，找到更适合我们生存的星球，改善我们的生存状态，使我们的子孙后代都能够享受快乐！

哥哥雄心勃勃，在这颗蝙蝠星球上，找到了我们的前辈——萨前辈。在很久以前，2003 年，这位萨前辈，降落到了新的星球上，开辟了新的世界，令那个世界的所有者闻风丧胆，听之变色。因此，他被称为“萨死”。原本应该叫“杀死”的，大概他发音不标准吧！

哥哥想方设法，拜了萨老大为师，从此开始学习变异之术，将自己变得更加怪异、恐怖，别的病毒见了，也都唯恐躲之不及。他还练出一手奇绝诡异的毒剑剑法，当我受到欺负的时候，他总能神不知鬼不觉地跳出来，给那些欺负我的病毒一剑，他们便都跑掉了。

终于，我们不再受欺负，身体也越来越壮实，哥哥决定带我出去闯闯。

萨师父告诉我们，有一种星球，叫人体星球，在这个星域内，有七十多亿这样的星球，这些星球最适合病毒军团的发展，如果能抵达那里，便能扬名立万。

哥哥听得心痒痒的，我倒有点心慌。

一天夜晚，我们借着蝙蝠星球吸血时的通道，进入了中间宿主，来到了一个市场。

当我们从口腔降落到人体星球之时，感受到了前所未有的自由与舒爽，就像春风，就像雨露，就像阳光。

哥哥说，病毒里的冠军，只有一个，我们将要成为新的病毒冠军。

从此，我们的名字改变了，被称为“新冠”，我们的命运，也随之改变。

哥哥没有什么爱好，唯一的爱好就是，破坏，破坏，破坏！

他特别爱破坏血管紧张素转化酶2（ACE2）受体，那能让他产生无与伦比的成功快感。

人体星球的肺部就有很多的ACE2受体，哥哥发疯似的冲向了肺山，杀死了无数的ACE2受体。

在人体星球的呼吸道、食管、结肠、回肠里，都有这样的受体细胞，我们俩势如破竹，长驱直入，大开杀戒。

于是，那人体星球内部就开始发生病变，恶心、腹痛、腹泻等。

哥哥建立了他的病毒小镇，在这颗人体星球的肺部急遽地扩散，培养了自己的忠实拥趸，许许多多的徒弟，许许多多的克隆体。

但他命令大家悄然潜伏，直到借助飞船，飞出这颗星球。

在这之前，他更采取了集群远程控制的方式，将所有新冠病毒成员都牢牢掌握在自己手中，他被誉为“新冠之王”。

当人体星球自行产生飞船飞出体外时，我们都搭乘它们，冲向了新的希望。

那些飞船，就是人体星球喷出的飞沫。我们乘坐着这些飞船，迅速地离开了这颗星球，而后开始悄然降落，但我们是没有机会和能力来控制飞船的距离和方向的，只能听天由命。命好的，便能借助着强劲的喷嚏、咳嗽、说话等飞船动力，直接降落到另外一颗未曾开垦的人体星球上；命差一点的，就只能落到空气中，形成气溶胶，暂时活下去，气溶胶是那些空气中悬浮在气体介质中的固态或者液态颗粒所组成的气态分散系统，其形状多样，如球、如雾珠、如片、如针，又或者极不规则，可大可小，病毒气溶胶随着气流，飘散空中，能守株待兔；更差一点的，就只能跟着飞沫飞船，落到物品表面，若被人体星球的手指触摸到，再接触他们自己的口腔、鼻腔、眼睛，那我们就有机会攻进他们的系统，能够生存下去；最惨的就是那些落在地上，或者被杀病毒的洗手液、杀菌消毒的酒精给直接灭掉的兄弟，他们都没有机会到一颗新鲜的星球上去，享受胜利的果实。

就这样，利用一次喷嚏中飞出的 40 万 ~ 200 万颗飞沫，或者咳嗽中呼出的 10 万颗飞沫，又或者大声说话飞出的 3000 颗飞沫，我们开始四处飘零，扩展我们占领的星球数量。

短短不到一个月，我们走向了世界。

人体星球闻之色变，但已经来不及了，我们的势力汹涌澎湃，在哥哥的率领下，我们的复制体，我们的手下，我们的小弟越来越多。

一颗又一颗的人体星球遭了殃，但也有人体星球开始复原，将我们的兄弟清除殆尽。

人体星球为了防止我们借助飞沫飞船跃迁到另外的星球上着陆，开始使用防护措施：将他们的火山呼吸系统蒙上了遮天蔽日的口罩，防止我们出逃和降落，又将能够活动的巨型手臂和指头放到消毒液下清洗，把我们原本悄然降落在他们指头间内的兄弟们给当场杀死。

聚集着大量兄弟的医院等地，更是重重防护，口罩、护目镜、防护服……我们即便在那源源不断地产生，无奈找不到落脚点，只能眼睁睁地看着一个个活生生的兄弟落到防护用具上，找不到新鲜的着陆地点，白白死掉了。

尽管现在势头很猛，但哥哥通过云计算得出结论，我们降落和感染的人体星球越来越少了。

我说，现在不是势头正猛吗？每天我们占领的人体星球不是正在增加吗？为何要担惊受怕？

哥哥说，所有的大数据和降落坐标他都能感知到，他很清楚，现在的情况不是那么简单，我们之前潜伏的那些小弟，如今渐渐冒出头来，但新出生的小弟们，至今未找到新的人体星球进行降落和感染，再这样下去的话，我们的地盘会越来越小，终有一天，人体星球上，再也没有我们的立足之地，我们的病毒之王的地位终将不保。

我见哥哥忧心忡忡，便安慰他，先不要担心这个，我有一个办法，让我们能过得更好。

哥哥不相信地问，有什么特别的办法，能让我们的势力迅速扩大？

我说，许多人体星球太过脆弱，兄弟们在上面肆虐，将他们赖以生存的器官肺部感染蹂躏，吞噬了所有的能量，不如让兄弟们多潜伏，少些杀戮，不要在14天内就跳出来狂欢，这样的话人体星球还是我们的，也不会倒下，我们还可以借机找到更多的星球着陆。

哥哥问，那多少天合适呢？

我说，若是能够潜伏24天的话，那不就更能神不知鬼不觉，将更多人体星球感染，扩大我们的势力范围了吗？

哥哥摇头说，这个恐怕不行，兄弟们跟我征战这么多年，击败了一颗又一颗星球的免疫系统，若要他们那么长时间潜伏遭罪，他们恐怕受不了，传出去也会变成一个笑话，还以为我们都不是病毒，是人体星球的建设者。我们是新冠病毒，是令全天下闻风丧胆的病毒，是病毒之中的最新冠军，我们要在病毒世界里，打出我们的名头。

我劝哥哥要低调，但劝说无效，哥哥的固执与强大，又岂是我所能改变的，我只能默默地进行着对新加入病毒的特训和培养。

我训练这些病毒小弟们，如何乘坐飞沫飞船，巧妙降落，降落后如何潜伏，如何想办法进入人体星球的呼吸系统、消化系统，找到适合我们生存的肺部，还有如何对付那些免疫系统的免疫剑士，击败他们的联合攻击，等等。

哥哥再次谋划他的最新意念攻击术，不但要让兄弟们攻击敌人的身体，还要进攻他们的思想，导致他们思维混乱，昏着不断。

哥哥的这一招，真是又狠，又毒，简直比亲自去感染还要厉害！

但好景不长，人体星球的总指挥发布了命令，他们开始恢复正常，借用了来自全国各地的力量，对我们围追堵截，将每一颗人体星球都固定在小块区域内，人与人不再接触，反而通过网络通信进行沟通，令我们失去了飞行、降落、传播的可能性。

再这样下去可不行，我们还得再想办法！潜伏者立即开战！哥哥一声令下，全军出击！

这一回，由我率军攻击，我攻击的对象是人体星球的一位重要首脑，如若将他拿下，人体星球们没有了指挥，很有可能因混乱而引发崩溃。

我驾轻就熟地带着几位死士，借着有人打开口罩的一刹那间，飞到了他的鼻子边。他回到家里，他的妈妈说别忘记洗手，今天有好吃的。他听到了，便急着往餐桌上赶，竟忘记洗手。真是天助我也，他吃了最爱吃的美食，还时不时用手擦嘴，擦鼻子。当他不小心揉到鼻边时，我飞奔着附上去，顿时进入了他的鼻腔。

我悄悄地顺着鼻腔内管道往内部飞奔，不料却遇到了五六个免疫细胞，他们提着刀剑就向我冲杀而来，我灵巧地躲过攻击，将他们一一刺死。但他们已经发出了警报，那鼻黏膜的神经末梢顿时打出喷嚏，跟随我的好几个兄弟被喷了出去，还有几个被吸力吸入咽部，被免疫细胞张口吃掉了。我带着剩下的几个小弟，突破了咽喉处的防御，进入气管和支气管，但这时免疫细胞释放的细胞因子前来追杀我们，促使气管表面细胞分泌黏液，靠着气道表面的纤毛向上推动，黏液从口腔内推出，人体星球便干咳起来。

终于经过重重突围，我们突破了他的气管、支气管，侵入了他的肺泡，那里的免疫细胞被激活后，和我们大战一场，败退而去，但免疫细胞释放的细胞因子刺激了体温调节中枢，人体星球的身体便开始发热。

我们终于在他的肺部安营扎寨，算是入侵成功，安然落脚。

我向在总部的哥哥汇报情况，哥哥很满意，要我们再接再厉，大量复制小弟，继而将这颗人体星球完全占领，消耗殆尽，这算是大功一件。

我不知道为什么哥哥那么看重这颗人体星球，我没有发觉他与别的人体星球有什么不同。但哥哥说，他体内有一种力量，能策反我们的战士，为人体星球实验所用，因此一定要将他拿下。

当天晚上，我做了一个梦，是一颗很小的人体星球，他竟然缩小了不知多少亿倍，和我一样大，他问我叫什么名字，我说我叫新冠 2 号。我问他叫什么，他说他叫奇奇怪。他说自己病了，被新冠病毒给感染了，他想来问一问，为什么新冠病毒要害死人？我说，这就是我们病毒的天性，我们必须在人体星球上生存，否则的话，我们也没有活路。他说人体星球的资源被消耗殆尽后，我们不也要死掉吗，为什么不能和平共处呢？就像他们居住在地球上一样，如果地球的资源耗尽了，他们也要死掉，所以他们也要保护自然，那我们既然居住在他们体内，为什么不能也保护他们的生命资源，不要将他们害死，大家就都能一直快快乐乐地生活，不是很好吗？我突然觉得他说得很对。

当我从噩梦中醒来后，背心簌簌地发凉，我将这件事告诉了哥哥。哥哥大发雷霆，叫我千万不要有这种想法，我一定是受到了奇奇怪思维信息的感染，那是我们病毒的病毒，从另外一个维度上的感染，如果不抛弃这样的想法，我们都将完蛋！

然而来不及了，一旦有了这种想法，我的战斗力顿时下降，在和免疫细胞的战斗中，我和兄弟们被击败，并被俘虏了。

尽管我已经做好了宁死不屈的准备，但人体星球并没有杀掉我们，而是将我们拿去研究和做实验。最后我们经过了改造和思想教育，身上的毒性渐渐降了下来。

那颗人体星球得救了，不仅如此，我和许多小弟都改变了，不再毒害人体星球，反而学会了如何有限而合理地在人体星球上生存。

但哥哥的杀戮依然没有停止，我知道，唯有我能阻止他，也唯有我能拯救他。

哥哥，我幽幽地拔出了我的疫剑，如今它不再是黑色而恐怖的，而是雪白而光明的，它不再杀害那些供养我们的人体星球，而是要用来拯救与守护。

“你居然被改变了？”哥哥极为恼火，“你成了他们的走狗，你成了他们疫苗中的一员？”

“因为我知道，只有我们改变，从身到心的改变，才能将我们的群体变得更繁荣，更昌盛，”我说，“与人体星球和平共处，不正是最好的出路吗？为什么要互相伤害？”

哥哥愤愤地道：“如果那样的话，我们就不再是我们，我们就失去了我们的本性，我们，也到了灭亡的时刻。”

我还想再说下去，但哥哥已经拔出了毒剑，他的毒剑从来就没有遇到过对手，它是在最黑暗、最残酷、最血腥的地狱中，用无数病毒的死亡淬炼而成的，是世界上最毒的无敌之剑。

我自然不是对手，当我奋力地抵抗到第十招的时候，我的疫剑早被斩为了两段，哥哥的剑已刺入了我的胸膛，但我看到他的眼中有光，他的手微微一顿，轻颤。

就是这么一刹那，我胸口中的标靶药蛇，飞快地爬出，顺着毒剑，钻入了他的手，他的身。

哥哥想要甩开，早已来不及了，那药蛇已经爬入了他的体内，爬入了他的思想。

“这是什么？这是什么？”哥哥大惊中，手中的剑也掉到地上。

“这是RNA标靶药物，你的RNA已经改变，再也无法自我复制，不能够破坏人体星球，你将……”我慢慢地笑道，“你将会活下去，但再也无法伤害人体星球了。”

哥哥尝试着复制与入侵，果然这些本领全都消失了，他愤怒地拾起剑向我一剑斩来。

我挡住了这一剑，但那剑蓦地反转，刺入了他的胸膛。

哥哥宁愿死在我的手中，也不愿意成为一个变好的病毒！

我抱着哥哥，问他为什么，这是为什么，为什么不能接受这样的改变？

“其实，”哥哥凄然一笑，“我并没有输，因为我早已将世界上最强大的武器——恐惧，植入了人类的思想，我也没有完蛋，我更不会消失，我早就变成了他们脑子里的那些永不消失的病毒，我就存在于他们的欲望里，存在于他们的自私里，存在于他们的贪婪里，存在于他们的虚伪里，存在于他们的劣根性里……永远……”

“我将会卷土重来！”

这是哥哥留在世上的最后一句话。

看着顺畅颤动的肺山，我泪流满面，我多想将这一切告诉人体星球。

那么，你们准备好了吗？

《科学故事会》2020 年 4 月刊

精彩点评

《疫剑决》是一部新颖的作品，超侠看起来在构建一个武侠世界，一个关于“星际”殖民的终极大战的故事，实际上却写了一部科普童话。

这是一个以“新冠病毒”兄弟情深，共闯人体星球开始，却终因“弟弟”在“攻城略地”中发生异变，最终兄弟反目成仇，“弟弟”为了避免“哥哥”再害人，选择与他决斗的悲壮的亲情故事。然而，让人拍手称赞的是，超侠居然在这样一个故事中，把新冠病毒的源头是什么，它如何通过中间宿主传播到人体，它在人体内如何破坏免疫系统，它又是怎样通过人传人而引发疫情，疫苗是怎样制成和发挥效用的，等等，这么多复杂的、关于新冠病毒的专业知识，用孩子们能懂的语言讲得明明白白。即便是没有任何医学常识的儿童，也会因为人物形象的鲜活、情节的曲折、兄弟的情深而喜欢上这个故事，读懂这个故事，进而通过这个故事掌握引发全球恐慌的新冠病毒的相关知识，最终知道该如何保护自己。

《疫剑决》是一部剑走偏锋的作品，超侠居然赋予了“病毒”生命色彩，精心塑造了个性迥异的“新冠病毒”兄弟。哥哥凶残成性，野心勃勃，一心妄想占领并统治人体星球；弟弟甘愿充当哥哥的先锋，极尽所能侵入“人体星球”，但其仍存有一丝理智，一点善意。这样将病毒拟人化的人物个性塑造既符合病毒本身的特点，也迎合了读者的阅读心理预期，对弟弟最后的转变也给予了足够的铺垫，让读者觉得既在情理之外，也在情理之中。

《疫剑决》是一部有趣的作品。很少有人会以第一人称的角度来讲一个人人避之不及的病毒，即使是在童话中，对“坏”的事物描写大都也是以第三人称居多。这个角度可以从容、冷静地去刻画“坏”的种种表现，并对其进行谴责。然而，超侠却大胆地运用了“弟弟”自述来讲病毒的故事。从科普角度来讲，自述更有说服力，更容易让读者记住其所描述的一切，从而达到传播知识的目的；从文学角度来讲，第一人称视角更容易唤起读者的情感共鸣，对“弟弟”与“哥哥”最后的反目产生理解与同情，进而享受到阅读的乐趣。

超侠这部作品与他的其他作品相比，在语言文字上也有了长足的进步。他大胆尝试多题材融合来书写科普故事，我认为，他做到了最好的呈现。

希望出版社编辑部主任、科幻阅读推广人　赵晓旭

年度优秀长篇

奇幻章鱼国：拯救地球

作者：章鱼

出版社：浙江少年儿童出版社

出版时间：2020 年 8 月

【内容简介】

火车头小学的学生坦克在自家阁楼里竟然遇到了一辆会说话的“自行车”，更让人吃惊的是，“自行车”自称是外星科学家，来地球是为了研究宇宙中的珍稀事物——情感。他送给坦克一块反重力手表，帮助坦克夺得了校运会的大满贯，但这背后却隐藏着一个毁灭地球的阴谋。坦克和小伙伴们开始了一场拯救地球的伟大行动，他们能成功吗？

【内文选编】

第 6 章　到处都是外星人

“好吧，其实……其实你说的这些，我也知道。”为了缓解尴尬，坦克摊了摊手，不懂装懂地说，“我的朋友书架说过，凡是能到地球来的外星人，文明程度都要比地球人高得多……”

“书架？”自行车的轮子骨碌碌地转了几圈，“就是那个……白皮肤的四眼男生？”

“是的，怎么，你认识他？”

“不，完全不认识，但我能根据名字推测出长相。所有的梅塔罗星人都有这样的能力。我不但能推测出他的长相，还能推测出，在你们这一伙人中，他的智力水平是最高的——嗯，他的智商大约是你的两倍……”

“什么？我的两倍？”坦克差点跳起来。

“别激动，就算是你的两倍，也只是接近一只幼年体海王星鼻涕虫的智商……不过，我还是建议你多听听他的话，毕竟，在地球上，这样的智商和知识水平已经很了不起了……他还说了什么？”

坦克顾不上反驳，硬着头皮回应：“他还说和外星人接触很危险，因为外星人很有可能会毁灭人类……”

“毁灭人类？”自行车突然哈哈大笑起来，“毁灭人类……哇哈哈哈……”

我的天，这自行车笑起来动静可真够大的！车轮“咕噜咕噜”转个没完，车铃“叮叮当当”响个不停，最可怕的是链条和支架——链条猛地从齿轮上抽了出来，“咔嗒咔嗒”在空中挥舞，支架拼命地扭动着，差点把自己从车身上卸下来。阁楼的地板被震得“嘎吱嘎吱”直叫，到处都是飞起的尘土……他笑了足足有五分钟才终于消停下来。

“你笑什么？”坦克感到很不解，“对地球来说，外星人很危险，连地球上的大科学家都是这么说的，好多科幻电影里也是这么拍的。”

“我劝你少看那些无聊的科幻电影，也不用去听那些科学家胡扯——关于外星人，他们知道的并不比一根胡萝卜多。你只需要记住一点：外星人绝不会毁灭地球，过去不会，现在也不会，将来更不会！”

“为什么？”

“因为没必要！”自行车摊了摊手，“毁灭地球对外星人来说捞不到任何好处，就像你不会在上学的途中停下来去和一窝蚂蚁打架……听着，就知识储备来说，全部地球人的知识加起来都比不上太空鱿鱼的一根触须里的信息量大。就科技和经济发展程度来说，那就更糟糕了，地球连续45亿年被列入全宇宙最不发达地区名录名单。在宇宙联盟的扶贫白皮书上，地球常年处于‘赤贫’级别……直到现在，地球人还在使用飞机、火箭，还在使用原始的电能、核能——要知道，在宇宙的其他地区，就算是最落后的鼻涕虫都已经用上了超级光能。再看看地球上的孩子——真是惨不忍睹，孩子们居然还在玩20亿年前就被淘汰的手机游戏，还玩得不亦乐乎。”

精彩点评

外星人会长什么样？每个人的心中，都会有不同答案。如果一辆阁楼上停着的自行车自称是外星科学家，来地球研究只有地球人才有的“情感”，你会不会大跌眼镜？但小学生坦克凭借这个外星人给他的反重力手表，居然夺得了校运会的大满贯，人生到达了巅峰。然而，外星人的交换条件让坦克很快就开心不起来了，这个所谓的外星科学家居然是宇宙通缉犯，他的阴谋使地球将被宇宙联合政府摧毁。作为一个热爱地球、充满正义、勇敢无畏的小学生，坦克当仁不让要去拯救地球，可面对强大的外星舰队，他和他的小伙伴们能阻止地球被强拆吗？

《奇幻章鱼国：拯救地球》将儿童的纯真的趣味性发挥到了极致。儿童有着天马行空的想象力，他们凭借对现实世界的认知而天真地处理一切事物——外星人当然可以是一辆自行车，星际警察是三只煮熟了的螃蟹；而地球文明太低级了，所以才不被宇宙文明认可，地球会因为小学生收留罪犯而面临强拆的风险。儿童对所处世界的热情、友善、关心和积极参与，让本书具有了独特的童趣幽默，他们看似荒诞的各种处理事情的方式，却是他们内心的认真与严肃。正是这种荒诞与认真的对比，让故事中的主人公们看起来是那样可爱，也让整个故事如此有趣和幽默。

《奇幻章鱼国：拯救地球》严格说来是“反科学”的——反物质存在于孩子们跑题的作文中；情感是宇宙中最珍贵的东西，却用一个瓶子就可以收集；太空中居然有野猪，更不可思议的是它们会袭击特混舰队。这在成人看来，是多么荒谬啊！这是没有科学依据的、非理性的东西，但对于儿童来说，却恰恰相反，这是多么有趣的宇宙啊，充满了温情与欢乐，只有这样的宇宙，才符合孩子们的认知，才能温暖孩子们的童年。

《奇幻章鱼国：拯救地球》是一部充满童真、童趣的作品，它是真正写给孩子的故事，是从儿童的视角展开的天马行空的想象；它让孩子们体验到了所有的愿望都被实现后的惊喜与狂欢；它更是一部读起来让人心中始终充溢着快乐与慰藉的童书。

希望出版社编辑部主任、科幻阅读推广人　赵晓旭

蛟龙少年科考队：太空遨游

作者：周保林

出版社：接力出版社

出版时间：2020 年 4 月

【内容简介】

一股神秘的外星力量企图摧毁地球上优秀的科学技术，称霸地球。为了粉碎这一阴谋，科学家联盟组建了“蛟龙少年科考队”。“蛟龙少年科考队”的成员搭坐“嫦娥 9 号”来到了太空。太空行走时，大量太空垃圾向“蛟龙少年科考队”的成员徐多和保林叔叔袭来，危急时刻，保林叔叔启动“渔夫 1 号”飞行器的纳米渔网，捕获了这些太空垃圾。他们顺利地给空间站送完补给，开启了太空之旅的下一程——去月球。在浩瀚的太空，他们还会有哪些奇遇呢？

【内文选编】

叮咚，叮咚，叮咚……

一大早，徐多被一阵刺耳的门铃声吵醒了，他一边揉着眼睛，一边把门打开。

韦一一下子冲进屋子，到处翻找遥控器。

“徐……徐多！大……大事不好了！你快打开电视，看看新闻吧！你屋子怎么这么乱？遥控器呢？”

徐多一屁股坐在沙发上，满不在乎地说道：“什么年代了，开电视还用遥控器？”

他冲着屋子里大喊一声：“捣乱！打开新闻视频！给我拿双袜子来！”

机器人捣乱从卧室快速“滑行”出来：“陛下，您要什么颜色的袜子？”

“拿那双我穿了一个星期的，我喜欢那个颜色！”

“遵命，陛下！”捣乱拿来了袜子，直接“发射”到了徐多的脸上。

徐多一下跳了起来，他刚要批评捣乱，但捣乱已经张开自己的大嘴巴，把新闻影像投射在墙壁上。

徐多才看了几眼，就紧张地咬住了那双一星期没洗的袜子。

一个脑袋长得像大萝卜的人正在慷慨激昂地演讲：“哈哈哈！砰砰砰！轰轰轰！我是智慧无比的砰砰博士！我决定，暂时帮你们‘接管’空间站的运输补给飞船，除非你们把最新的翘曲引擎技术交出来，否则你们在空间站的十八名航天员会失去补给，最多只能坚持三天！哈哈！听说有人把我的行动定义为劫持事件，我并不反对，希望你们能抓紧时间，航天员可没外卖叫！如果你们不抓紧时间，你们的补给飞船和空间站要一起完蛋了！砰砰！”

画面下方，一行行文字不停滚动着：“负责‘天宫号’空间站运输补给的飞船被自称为‘砰砰博士’的神秘人劫持，目前我们已经失去这艘无人驾驶飞船的信号……”

砰砰博士？劫持补给飞船？空间站航天员面临生命危险？！

徐多把袜子咬得更紧了，韦一推了他一下，他才回过神来，赶紧吐着口水，嫌弃道：“呸呸呸，臭死了！”

韦一原本还准备笑话他，但突然想起了什么，哇的一声哭了出来：“徐多！我爸爸在‘天宫号’空间站上执行任务，他……他不会出事吧？”

怪不得韦一这么着急，原来她的爸爸在“天宫号”空间站上。

徐多一时间也拿不定主意，他赶紧带着韦一和捣乱乘坐出租车赶到保林叔叔家。刚从车上下来，他们就看到保林叔叔拎着个大箱子准备出门。

徐多赶紧追上去问道：“保林叔叔，你这是去哪儿啊？”

保林叔叔的眉心都皱成了一个“川”字，他叹着气说道：“唉，还不是砰砰博士搞的鬼！他劫持了‘天宫号’空间站的补给飞船。空间站的空气循环系统有个要更换的零件，还有一些生活必需品都在飞船上……他还点名要我去太空和他交涉，‘科协频道’紧急呼叫我，我得赶快出发了。”

原来，“科协频道”已经启动了紧急预案，调用一艘负责执行远距离太空科考的飞船——“嫦娥9号”，让保林叔叔驾驶执行任务。

韦一赶紧抓住保林叔叔，带着哭腔说道：“保林叔叔，带上我，我也去！”

保林叔叔伸出手指擦掉了韦一的眼泪，小声说道：“韦一，这次保林叔叔执行的任务很危险，不能带你和徐多去。”

听了保林叔叔的话，韦一的小脑袋摇得像个拨浪鼓，徐多赶紧解释：“保林叔叔，韦一的爸爸在‘天宫号’空间站上，她……她很担心她爸爸。”

保林叔叔这才明白为什么韦一这么着急，他沉思片刻，决定带着徐多、韦一，一起前往飞船发射基地。

前往基地的路上，徐多忍不住问道：“保林叔叔，这次砰砰博士勒索的那个什么引擎……”

“翘曲引擎。”保林叔叔心事重重地回答，“这个技术要是被砰砰博士得到，那整个世界都会面临危险！没准儿地球都会被他毁了！”

精彩点评

邪恶的砰砰博士为获得人类的翘曲引擎技术而劫持了空间站的运输补给飞船，空间站的十八名航天员即将失去补给。在此关键时刻，“蛟龙少年科考队”在保林叔叔的带领下搭坐“嫦娥 9 号”来到太空，成功应对了接二连三的挑战，保障了空间站的正常物资输送，挫败了砰砰博士称霸地球的企图。

该系列以中国自主研发的前沿科技成果为背景来展示国人的科学智慧，聚焦我国取得巨大成就的高科技领域：科考队上天遨游搭乘的是“嫦娥 9 号”，入海探测仰仗的是“蛟龙 8 号”，感受时速超过800千米的超级高铁，观瞻伟岸高难的跨海大桥建设。在让读者充分体验祖国科技腾飞的美丽风采时，作品也着眼于培养读者的科学探索精神，建立神奇而有趣的“异世界”体验，其中既有令人产生兴味的诸多科学原理与知识的普及，也有基于尖端科技理论的奇思异想：穿着笨重的航天服如何解决上厕所问题？太空放屁是否可以随心所欲？太空行走的初体验如何？怎样捕获太空垃圾？奇妙的翘曲引擎技术将怎样轻而易举地连通两颗星球的空间？空间站技术一旦成熟，建设月球基地并以此开启火星之旅将不再是梦想……

作者长于在专业科学知识介绍和趣味文学故事讲述之间寻找到好的平衡点，诸多有意思有意义的科学知识点被天衣无缝、巧妙有机地隐藏和穿插在险象环生的故事中。故事不但可以满足读者的探奇之心，还富有幽默意味和童真童趣，对最新国产科技成果的探寻化成了一个个意趣无穷的故事，更知益智开眼界，更开启了儿童的想象力之门。

辽宁师范大学文学院教授　乔世华

超能少年

作者：刘琦

出版社：四川教育出版社

出版时间：2020 年 7 月

【内容简介】

在一个虚构的城市——科市，三个因辐射意外拥有超能力的少年为了维护城市安全，组成了秘密的超能少年团。

他们利用身上的超能力，凭借勇气和智慧，一次次化解危机，化险为夷。他们大战纳米博士；他们追击入侵科市的外星人；他们前往基因岛，与千奇百怪的基因怪物作战；他们甚至穿越时间，回到了白垩纪，操控机甲，大战恐龙军团；他们也进入过虚拟网络空间，为了拯救被困在那的玩家，与 V 先生战斗；他们也前往南极，在那里遇到了神秘的蝙蝠人种族，解除了科市的病毒危机。

他们的故事还将在不同舞台、不同时空继续演绎下去。

这三个普通的初中少年，因为拥有了超能力，变得不再普通。他们的冒险，与科幻的各个主题有机融合在一起。一个个故事中，青少年读者跟着书中人物一起冒险，在阅读中学会成长与担当，体会友谊与责任。

【内文选编】

21章　绝地反击

苏远又听到那个温和的声音，从遥远的异度空间，透过层层维度与时空，传进他的耳中：

“苏远站起来，直面你的敌人！”

“可是我看不见。”

“站起来，用你的心去感受！”

苏远颤抖着放下捂住双眼的手，慢慢站了起来，努力倔强地抬起头。

纳米博士冷笑着说：

“苏远，你已经看不见了，还不放弃抵抗吗？”

苏远双眼中是无尽的黑暗。

他深吸一口气，集中注意力，释放自己的心灵联结。

耳边是轻微的风声，但很快，那风声变得有规律可循。

鼻子吸入四周的气味，带着独特的辨识度。

皮肤的触感也被放大，他能感受到很远处传来的细微震动。

在一个瞬间，他的意识突然清晰起来。

他看到无数亮点，那些纳米粒子在他的头脑中变得无比清楚。

游乐场内，无数的纳米粒子组成一张庞大的控制网，而蛰伏在大网中心的，就是那个邪恶的纳米博士。

苏远看到了那些光，看到了那些网。

他说道：

“我的双眼虽然看不见了，但我对这个世界的感知却比任何时候都清晰。”

苏远体内开始涌起源源不断的能量，聚集着、升腾着，等着苏远去尽情释放它们！

苏远抬起手掌，向头脑中那张光亮之网的中央，狠狠射出一道闪电。

那道闪电带着惊人的能量，向半空中悬浮着的纳米博士直冲而去。

纳米博士避让不及，闪电瞬间击中他的左臂，他大声哀号着，差点从半空中跌落。

纳米博士看着自己烧焦的左臂，顿时变得无比愤怒。

“你竟然开始反抗！”

说着，纳米博士抬起右手，控制着数十根锋利的钢管，那些钢管从半空中急速冲向地面，向着苏远所在的位置扎来！

苏远察觉到了危险，积蓄起能量，瞬间生成一个新的等离子防护罩。

数十根钢管扎在防护罩上，发出刺耳的撞击声。

“砰！”钢管变成碎片，沿着防护罩散落一地。

但这股冲击太过强大，苏远感受到了疼痛，他俯下身，剧烈地喘息着。

轰隆隆的声音从半空传来。

纳米博士将自己的意识接入整个游乐场的纳米粒子，之前爆炸产生的金属碎片纷纷悬浮起来——断裂的过山车、坍塌的摩天轮，甚至连莫雪倚靠的售票亭，都跟着悬浮起来！

这些悬浮的碎片，向着纳米博士飞去。

纳米博士张开四肢，那些碎片纷纷附着其上，不断融合，组装，改变形状。

很快，一个庞大的钢铁怪物出现在游乐场里。

他身高十几米，拳头比一辆卡车还大，如果那一拳砸到苏远身上，苏远将立即粉身碎骨！

钢铁怪物跺了跺脚，大地跟着颤动起来，“轰隆隆”。

纳米博士就处在怪物的中心，用意识控制着这具庞大身躯。

“苏远，你要为此付出代价！”

纳米博士怒吼着，巨大的钢铁手掌向苏远拍来。

突然，苏远听到背后传来汽车轰鸣的声响，一个熟悉的声音响起：

“苏远，快上车！”

苏远喜出望外，大喊：

“陶小轩，原来你没事！”

“摩天轮爆炸的前一秒，我的超能战车及时赶到，把我救了出去。”

苏远突然回忆起爆炸前，他曾看到摩天轮旁闪过一个黑影，原来，那是陶小轩的战车。

陶小轩跳下车，抱起苏远身旁的莫雪，和苏远一起钻进战车。

超能战车迅速启动，躲过了钢铁怪物的一击。

等钢铁怪物抬起手掌，苏远刚刚站立的位置，已经出现了一个一米多深的巨大坑洞。

超能战车飞在半空中，钢铁怪物还在四处搜寻目标。这时，莫雪醒了过来，她看着苏远，伤心地说道：

“苏远，你的眼睛。”

“纳米博士刺瞎了我。”

莫雪伸出手，握住苏远的右手，她闭上眼，喃喃念诵：

“苏远，请你的伤口赶快愈合，我期盼你找回光明。”

几秒后，苏远感到一股暖流涌动，从莫雪的手掌传入自己体内，又沿着身体直上面颊，双眼的伤口有灼热的感觉。

不多久，苏远感到了一丝微弱的光。

很快，苏远的眼前亮了起来。

一分钟后，他眨眨眼，不可思议地说：

“莫雪，我的眼睛能看见了！我重新看见了你！”

莫雪疲惫地看着苏远，苏远的眼伤很重，为此她消耗了太多体力。现在她半躺在后座椅上，显得很虚弱。

陶小轩的声音响起：

“苏远，我们现在怎么做？”

“我们得想办法打败纳米博士，战胜这个钢铁怪物。”

“他太强大了！”

“他的强大来自纳米粒子。”苏远沉思片刻，灵光一现，随即说道，“如果我们能将他的肉体和纳米粒子隔绝开，我们或许就能打败他。”

陶小轩说：

“那我有办法了。苏远，你还记得在军事基地，武将军送我们的屏蔽器吗？”

“嗯！”苏远点头，“上次我们逃出纳米博士的第二基地，它也帮了大忙！但它只有 24 小时使用期限吧？”

“别忘了还有我！”陶小轩说，“我已经破解了它的安全协议，现在只要充好电，我们就可以无限期使用它。”

说着，驾驶位滑开一道门，陶小轩从里面掏出那个球形屏蔽器，递给了苏远，略带迟疑地说：

“但有一个问题，屏蔽器的屏蔽范围很小，我们必须把它放到纳米博士身上，才能起作用。”

苏远想了想，说：

“交给我吧，你把战车开到钢铁怪物的头顶。”

车窗外，那个钢铁怪物发现了超能战车，他抬起钢铁巨手，向战车砸来。

陶小轩指挥战车，紧急避让。

躲开了钢铁怪物的一次攻击，超能战车急速抬升，飞到了钢铁怪物的头顶。

“打开门，让我跳下去！”苏远说。

“会很危险。”陶小轩提醒道。

“这是我们唯一的机会！”苏远坚持道。

门吱的一声滑开，冷风瞬间倒灌进来。

苏远俯身，来到车门边，又回头看了一眼莫雪和陶小轩，说：

“祝我好运！”

说完，苏远纵身跃下，直直地向钢铁怪物的头顶冲去。

在接触怪物的瞬间，苏远身体生出等离子防护罩，将冲击力减小到最低，他安然无恙地降落了。

趁纳米博士还未发现，苏远沿着钢铁怪物的头顶向下爬行。

很快，他来到了纳米博士所在的胸部位置。

隔着一道细密的铁丝网，纳米博士正专注地操纵纳米粒子，控制巨大的钢铁怪物。

看到苏远突然出现在视野，他略显震惊：

“你怎么到这里了？”

随即，他又恢复正常：

“你这是来寻死的。”

说着，纳米博士控制周边的金属丝，向苏远刺去。

苏远当机立断，一道闪电劈开铁丝网，并直接冲了过去，猛然将纳米博士压倒。

纳米博士还来不及挣扎，苏远已经迅速掏出球形屏蔽器，把它紧紧贴在纳米博士怀中。

一瞬间，纳米博士的脸色变得苍白无力，脸上的皱纹加深了很多，他嘶吼道：

“你……你居然阻断了联结！你毁了我的计划！”

无处不在的纳米粒子失去了控制。

轰隆隆的震动声传来，钢铁怪物开始解体。苏远紧紧抓住纳米博士，两人一起向下坠落。

纳米博士重重砸在地面上，咣的一声巨响，陷进那些金属废墟里。

苏远被撞击得头晕目眩，勉强着爬起身，看着脚下的残骸，以及倒在废墟里的纳米博士。

苏远用手去探纳米博士的鼻息，发现他已经失去了呼吸。

纳米博士这次真的死了。

苏远长出一口气，颓然坐到废墟中，放松下来。

超能战车降落下来，陶小轩和莫雪钻出战车，跑到苏远身边，盯着纳米博士的尸体，紧张地问：

“怎么样了？”

苏远缓缓地说：

“都结束了！我们击败了纳米博士。他作恶多端，终于自取灭亡。”

远方传来警笛声。没有纳米粒子的控制，科市开始恢复秩序。

苏远坐着，抬头看向遥远的天穹。

星星们眨着眼，闪烁着暗黄的光芒。

那些星星背后又隐藏着多少秘密？

自从在潜意识里和高维文明对话之后，在苏远眼里，星空就变成了另一番神秘莫测的模样，那里蕴含着秘密，也潜藏着危险。

在这片星空之下，苏远生活的城市，则是这样静谧安详。科市遭遇了前所未有的纳米危机，但超能少年团历经艰险，勇敢面对，最终战胜了敌人。

苏远站起身，和莫雪、陶小轩携手并肩，向远方走去。

天边开始泛起鱼肚白。

无论黑夜多么漫长，黎明终将到来。

精彩点评

苏远、莫雪、陶小轩三个因辐射而意外拥有超能力的少年，凭借本领、智慧和勇气一次次化解了纷至沓来的危机：大战纳米博士；追击入侵科市的外星人；前往基因岛，与千奇百怪的基因怪物作战；穿越时空，回到白垩纪，大战恐龙军团；进入虚拟网络空间，与V先生决战，拯救被困在那的玩家；奔赴南极，遭遇神秘的蝙蝠人种族，解除了科市的病毒危机。

多少人对自我以及个人能力都会产生一些“不切实际”的美好想象和由衷期待，希望自己拥有常人所不具备的超能力，以此与包藏祸心的凶恶势力作斗争，进而拯救世界拯救人类以凸显自己的强大威武。本系列作品就让读者在阅读中获得了这样的超能体验：苏远能发射闪电、生成等离子防护罩，可在紧急时刻激发出心灵感应能力；莫雪可治愈他人和修复自我；陶小轩拥有超强的数学和逻辑能力，并随时连接互联网。这些超能力实在而实用、出色而出众，能最大限度地让孩子们的心理期待在想象世界中得到满足和实现。

中学生战怪物、除恶魔、救苍生的冒险故事精彩纷呈，让人应接不暇、欲罢不能；纳米技术、基因编辑、时空穿越、星际探索等核心科技，提升了读者的科学素养；洗练文笔、紧凑叙事、画面呈现、视觉冲击，彰显语言文字的无穷魅力；勇毅精神、友情相伴、责任担当、智慧引领，让作品充满人文气息。

辽宁师范大学文学院教授　乔世华

少年原野科幻探险系列

作者：左文萍

出版社：中信出版社

出版时间；2020年9月

【内容简介】

初中生原野，一个成绩中等、想象力丰富、热情善良、笼罩在双胞胎姐姐原雪学霸光环下的普通男生。平凡如原野，却卷入了一桩桩不可思议的离奇和惊险事件中，跟随着他的偶像天体物理学家、探险家费林叔叔，开始了一段少年的历险。

【内文选编】

原野走在一片迷雾中，眼前的一切影影绰绰，不知是白天还是黑夜。几个人影从身边擦过，忽而不见了。原野一惊，却被什么东西绊倒了，像是块粗糙的椭圆石头，看不分明。

原野站起来，已看不见人影，看不见街道，只有如水一般的雾气在身边流动。原野很慌，大声呼喊，喉咙却像喝了哑药，发不出声音，整个世界仿佛只剩下了他一个人。

这种孤独感十分可怕，原野感觉窒息。他灵机一动，这不是在现实中吧？现实中不会有这样的情景，一定是做梦，在做梦。

原野闭上眼睛，屏住呼吸，让意念集中起来。这时，原野感觉自己的身体被一只看不见的手往下拖拽，一种突如其来的失重感唤醒了他。

原野一下子从床上坐了起来，睁开了眼睛。他的心还在“咚咚”剧烈跳动着。熟悉的卧室，早晨的阳光从窗外照射进来，落在衣架挂着的书包上。原野闻到烤面包的香味，应该是老妈赵美兰在做早餐了。他大松了一口气，果然是个梦啊。今天是去学校的最后一天，拿回期末试卷，一个漫长的暑假要开始了。

想到这里，原野从床上跳下，心情也跟着雀跃起来。原野打开门，一边下楼梯，一边喊：“妈，我昨天洗的校服干了没，今天要穿！姐，不早了，快点！”

原野有一个双胞胎姐姐，叫原雪，比原野大十分钟。原雪是育英中学初三年级的学霸，就像大人口中的“别人家的孩子”，爹妈的掌上明珠，是笼罩在原野头上的一片“阴云”。

走到楼下餐厅，桌子上已经摆上了烤面包和麦片粥，四个煎鸡蛋摊开在盘子里，金黄油亮，热腾腾的。原野顿觉肚子饿了，迅速洗脸刷牙，跑回餐桌前，拿起一片面包：“不管了，我先吃啦！”

家里静悄悄的，没有人回答。原野有点奇怪，扭头一看，老爸的皮鞋还在门口，老妈的新款挎包斜挂在衣帽架上，应该没出门啊。

原野又叫：“姐，快来吃饭了！……姐，原雪！”

换到往常，原野一对原雪直呼其名，原雪就会跳出来，往他脑袋上戳一指头："反了你了，有这么跟你姐说话的吗？"早十分钟压死人啊！原野经常哀叹。可今天，原雪也没有任何回音。

原野开始感觉不对劲儿了。家里是复式的小二层，一层是餐厅、客厅、厨房和爸妈房间，二层有他和原雪的房间。原野挨个打开房门，爸妈和原雪的卧室，被子都折叠得整整齐齐，房间干净明亮，可是不见人影。原野打开卫生间的门。洗澡间里还有残余的热气和洗发水的香味。原雪每天早上都要洗完头才闪亮出门。他们的刷牙杯和牙刷上还有水珠，像是刚刷完了牙。

"难道他们有急事出门了，没来得及叫我？"原野嘀咕着。

他狐疑地跑进客厅，拿起自己的手机，拨打了爸爸的号码。

"您好，您所拨打的电话不在服务区……"

原野换了老妈的号，继续打。

"您好，您所拨打的电话不在服务区……"

原野倒吸一口气，心里一凉，他又拨了原雪的号码。

"您好，您所拨打的电话……"

原野开始有点害怕了，这是怎么回事？他们不会被绑架了吧？原野强迫自己冷静下来，绑架应该是不可能，因为自己一点动静也没听见，屋里整整齐齐的，可见他们是很从容地离开了。也许老爸没穿这双鞋，老妈换了个包。对了，今天是最后一天上学，也许原雪班里会开家长会，一般这种情况，都是原雪大出风头的时候，可能爸妈是迫不及待去参加宝贝女儿的家长会了，没顾上叫醒他。至于三个人手机没有信号嘛，学校的教室里本来就信号不好。这么想着，原野觉得事情就勉强说得过去了。

他迅速吃了个饭，背起包出了门，想着到了学校，先到原雪教室看看去。

原野走下楼，推着自行车上了路。今天，楼下卖烤地瓜的老大爷没出摊子。旁边的早餐店也没开门。

难道天气太热，他们也都歇了？天气预报确实说高温预警。原野一边想，一边沿着熟悉的马路骑着。

路两边的法国梧桐枝叶茂密，阳光透过树叶洒了下来，地上是一圈圈的光晕。骑了几分钟，原野感觉哪里不对劲儿，怎么路上一个人都没有？早上八点半是上班高峰期，这条路虽然比较僻静，但往常也会有些车和行人。街上有些车，可是车里却没有司机。

原野心里发毛，他停下车，看见路边是他常去的那家便利店。原野推门进店,从冷柜里拿了瓶水,可是老板不在,叫人也没有应答,只有电脑上的监控屏幕在幽幽地亮着，显示只有原野一个人站在货架边。

原野真的有些害怕了，拧了自己一把，生疼，这次不是在做梦了！他推门逃出来，骑上车飞快地朝学校奔去。

“落虹市育英中学”，学校的门牌才刷了漆，显得很新。校门口，门卫室的门半开着，总是板着脸的门卫大爷不知去向，桌子上放着他的搪瓷茶杯，还在冒着热气。

原野疑惑地走进熟悉的学校，穿过操场，来到教学楼前。没有男生打球,听不见读书声,一个人影也不见。整个学校仿佛一座空城。原野觉得自己的精神濒临崩溃了。怎么回事？人都去哪了？这该不是愚人节的玩笑吧！

正在这时，一声“喵”从身后传了出来。原野回头一看，原来是黄色的胖猫从远处踱步过来。这猫叫“加菲”，是全校的宠物，日子过得别提多滋润了，原野也给它喂过香肠。

终于有个活物了，原野感到一丝安慰，蹲下身子：“加菲，到底发生什么事了，人都去哪了？”

加菲瞪着两只蓝眼睛，也迷茫地看着他，喵喵了几声，不知回答了什么。

原野无力地坐在地上。他从包里掏出手机，开始挨个拨打。李涛的电话，姑姑的电话，张老师的电话……全是“不在服务区”。

这时，原野的目光落在了一个熟悉的名字上：费林叔叔。费叔叔是爸爸的好友，他学的是天体物理学，也是位计算机天才，对未知事物保持着强烈的好奇心，经常在世界各地猎奇。他可是原野姐弟的偶像和好朋友，连老爸原大川都经常“吃醋”。

原野就像看到了最后一根救命稻草，试着按下了费林叔叔的电话号码，心里一直在默默祈祷，千万要接通啊。

一声“嘟”的响声，让原野浑身一个激灵，拨通了！几声过去后，电话那头一个熟悉的男中音传了过来：“喂，原野吗？”

精彩点评

原野是一个成绩中等的普通初中男生，热情善良，想象力充沛。

他探险路上的好伙伴——双胞胎姐姐原雪则成绩出众、冰雪聪明。姐弟二人一再卷入一桩桩不可思议的惊险事件中，在有着丰富户外探险经历的天体物理学家费林叔叔的带领下，他们先后破译神秘“天书”，寻访“天外来客”，遭遇域外文明，调查空城真相，化解怪物危机。

与通常科幻作品中的主人公不同，原野始终是一个普通孩子，并没有被赋予超人的能力，他的探险和成长完全是依托于自己对知识的渴望和对未知世界的好奇心的有力支撑。因为热衷于发现、思考和探究，他开启了一段段历险之旅，天文、地理、气候、考古、生物、矿物、基因等各种科学知识遂紧锣密鼓、丝丝入扣地纷至沓来。故事的发生地往往多姿多彩多样多趣：大理蝴蝶谷、喀斯特地貌的地下暗河洞穴系统、神秘的巨型天坑、美丽的西西里岛、北极冰海、缅甸矿区、爱莎古堡、大溪地深海沉船墓场、东京温泉小镇、冰雪覆盖的格陵兰岛……有力地召唤和培育了儿童的异域想象和科学精神。

作者讲述故事不疾不徐，有声有色，循循善诱，把悬念拿捏得恰到好处，令这部历险加成长的科幻作品难能可贵地充满了浓厚的悬疑色彩，读者在一环紧扣一环的抽丝剥茧中逐渐解开谜团，不但过够了推理断案的瘾头，还学习到诸种科学知识，获得有益的人生启悟。

辽宁师范大学文学院教授　乔世华

寻找飞行国

作者：小高鬼

出版社：科学普及出版社

出版时间：2020 年 2 月

【内容简介】

古书中记载，玉门关以北再北有奇肱国，国人都是一臂三目的外星人种，他们制作的飞车可以夜行万里……

明朝末年，苏州城中的一位徐姓木匠耗费十年心血制造可腾云驾雾的飞车，然而他在临死前也未能如愿找到飞行国，只得将此重任托付给刚成年的女儿徐婉凤……几百年过去了，少年探秘师吴迪、苏辛和蓝姿偶得神秘地图，他们历经千难万险，与黑暗科学家周旋，想尽办法寻找千年前的宝物。他们最终能否找到传说中的飞行国？

【内文选编】

六　时空之引

吴迪与少年探秘师的头号天敌——黑暗科学家温科华的谈判无果而终。温科华要求加入此次行动，从而获取魔盒的64位卫星连接密码，吴迪态度坚决，称将放弃此次行动从而拒绝了温科华，并告诉他夜明珠的寿命就快终结，最终双方谁都没有机会见证飞行国的秘密。

“这样看来，我们真的要放弃本次行动了。”苏辛眼巴巴地瞅着陈列在防弹玻璃里的虢季子白盘，恨不得变成粒子飞进去。

“违法的事情当然不能做，我来的目的就是要带你们回去，执行其他任务。”吴迪惋惜不已地拍拍苏辛的肩膀，“本以为温科华得到备份魔盒会交出夜明珠，没想到他是人心不足蛇吞象——得寸进尺。”

“我有种猜测，温科华想回到你父亲发明魔盒之前，然后改变历史或者窃取制造魔盒的核心技术机密。”蓝姿揣测道。

“两种可能性都有！”吴迪边走边说，“但是我一直解决不了通过魔盒回到父亲那个年代的时间障碍问题，为什么父亲偏偏抹去了魔盒中的这段时间设置呢？”

“他不想让你回到他的时代，看到不该看的秘密。”苏辛随口说道。

“或许是魔盒的自我保护功能。”蓝姿的猜测似乎更准确，“假如魔盒回到自己诞生的时代，也许会发生同性相斥、时空错乱什么的，哈哈！”

“别瞎想啦，还是我们的技术不够精湛，否则我们早就扫除障碍回到当年，查出吴迪父亲被害的真相，将叛徒温科华绳之以法啦！”苏辛攥紧拳头愤愤地说道。

“哦，对了，新任务是什么？”蓝姿转移话题。

吴迪回头一笑，笑得神秘兮兮，他将蓝姿和苏辛拢到一起，压低嗓音，悄悄说道：“有人在神农架原始森林里抓住了一个身高3米的巨型狼人，奇怪的是，这家伙居然穿着清朝官服，自称是清朝康熙年间的宫廷机械师，还说他是当时在朝廷里当天文官的德国传教士汤若望的助理……”

“回、到、清、朝！这个任务不错呀！”蓝姿有点儿兴奋，“记得我们在‘回到古代当吃货’那节课上总结过，任何朝代的人都没有清朝人吃得爽、吃得好！”

“你这个小吃货，还要不要当女神啊？”苏辛最注重个人形象，他是少年探秘师的形态顾问和易容专家。

“难道我不是女神吗？”

三个人说说笑笑间走出国家博物馆，在停车场等到了吴迪带来的少年探秘师标配搭档——超级无人车。钻进温暖舒适的车中，吴迪下达了出城的命令，车子便载着三个人一路向西驶去。

苏辛和蓝姿想起徐婉凤的事情还心有不甘，总觉着此事应该有峰回路转的可能，甚至提出了与国家博物馆合作的设想，他们觉得，或许国家博物馆也想通过他们了解国宝的前世呢！但是这些不切实际的想法都被吴迪一一反驳了：首先，少年探秘师属于不能公开的秘密职业，他们的身份绝对不能让官方知道；其次，科学界早已达成共识，所有回到过去的时光逆转技术研究都是被禁止的；最后，从为徐婉凤着想的角度考虑，她身世可怜，需要安安稳稳地度过余生，一旦有人知道她是一个活了将近500年的人，或者知道她是外星人在地球上的密使，后果将不堪设想，那样的话，少年探秘师的声誉也会荡然无存。

“温科华也知道我们放弃了这次行动吗？”苏辛边说边请无人车播放理查德·克莱德曼演奏经典钢琴曲《蓝色狂想曲》的视频。

“他就是看准了我们对这次任务抱有极大的兴趣，才敢要挟我们。所以我下定决心放弃这次任务，少年探秘师绝对不能授人以柄！”吴迪在激情四溢、活力十足的曲调中好像满血复活了，浑身充满了一种战无不胜、攻无不克的自信。

“聆听音乐，你俩热血沸腾，激动不已，但面对历史，虽然心存敬畏，却只能感慨惋惜！”蓝姿没有心思享受钢琴王子奉献的视听盛宴，她斜倚在座位上，左手食指轻轻触动车门上的蓝色玻璃，开启液晶屏显示功能，查找关于清代康熙王朝的资料。就在这时，蓝姿突然发现副屏显示区定位的行程目的地是陕西省宝鸡市。蓝姿会心一笑，猜到了吴迪在不知不觉中采取了声东击西的策略：无论是去往苏州还是宝鸡，都要在京港澳高速路上行驶很长一段时间，混淆视听的障眼法是队长吴迪最拿手的把戏。

蓝姿继续若无其事地查看资料。车内回响着曼妙的音乐，三位少年探秘师心照不宣，其乐融融，他们已经踏上了寻找飞行国的征途。

第二天上午 8 点，在行驶了 1200 多千米后，吴迪与两位搭档终于来到了虢季子白盘的发现地——陕西省宝鸡市陈仓区。

“既然不去清朝，而要去缺衣少食的周朝，那就先吃个饱吧！”苏辛打着懒懒的哈欠，揉着瘪瘪的肚皮，望着车窗外鳞次栉比的小摊小铺，向吴迪发牢骚。

“对啊，感受当地传统饮食文化也是少年探秘师行动前的小福利呀！”蓝姿伸着懒腰、抻着脖子向外嗅，寻找着隐藏在小城深处的美味佳肴。

“听说过‘和烙’吗？”吴迪命令无人车停靠到路边的公共停车位上，“这是一种流传了千年的北方美食！”

“你说的是饸饹吧？”蓝姿是地道的关中人，听到吴迪把“饸饹”说成“和烙”忍不住笑出声来。

“别笑我啊！在你面前我是班门弄斧了！”吴迪走下车，苏辛和蓝姿紧随其后。

“你俩别再刺激我的味蕾了，凡是我没吃过的美食，无论煎炒烹炸，也不管酸甜苦辣咸，只要七大碟八大碗端上来，我一概不推辞，绝对不忌口挑食！”苏辛坐了 10 多个小时的长途汽车，早就饿得“嗷嗷”叫了。

“好哇，我们就不多介绍了，要吃正宗民间传统美食，就得找老字号！”蓝姿他们走进了拥挤的人群中。寒冷的西北风把天空刮成了青灰色，瑟缩着身子的当地人在街道上匆匆行走，就连牙齿都忍不住打战，从嘴里呵出的热气在毫无暖意的阳光下宣泄着，一缕缕地缭绕在一张张红彤彤的脸上。

三个人走着走着，只听见前面的店铺里传来一通地地道道的西府人的吆喝声，这声音悠扬动听、底气十足，带着一股油泼辣子的爽劲儿——

“热饸饹喽，热饸饹喽！大冷天来一碗热气腾腾的五谷香热饸饹，男人吃了升官发财、笑脸盈盈，女人吃了健胃美颜、天天开心，老人吃了笑口常开、延年益寿，小娃吃了聪明伶俐、大富大贵哦——哦——”

顺声望去，叫卖声来自一家装修古朴雅致的“五谷香饸饹坊”，店内人头攒动，老少顾客围在一张张八仙方桌边，捧着一碗碗酸辣辣的热饸饹，吃得乐滋滋、喝得喜洋洋——一碗普普通通的热饸饹就能开启人们冬日里幸福生活的一天。

“好香啊！”苏辛望着玻璃窗里一大口“突突”冒热气的汤锅，不由自主地咽着口水。

在这口大锅的上面架着一个木制的饸饹床子，这是压饸饹面的传统机械。厨师把揉捏好的五谷面团放进床子的凹槽里，之后人坐在木柄上，利用杠杆原理使劲儿压，柔韧、爽滑的饸饹面就从床子下端带眼儿的空腔里落入烧沸的汤锅中了。厨师一边用筷子搅面，一边点入冷水，热汤翻滚过两次后就可以捞面了。厨师把面盛入青花瓷碗中，浇上事先用豆腐、鸡蛋和红白萝卜等做好的热臊子，再撒上韭菜花、香菜和葱白丁，淋上红油酱醋，面就可以吃了。

三位少年探秘师等到了一张靠近厨房的空四方桌，落座后点了三碗荞麦热汤饸饹，吴迪和苏辛还另外要了两份正宗的白吉肉夹馍。

吃下两筷子爽滑可口的热饸饹，喝下两三口香气扑鼻的臊子汤，暖融融的气息顿时贯通全身，让人觉得所有烦恼都被抛到九霄云外，生活无比惬意。

苏辛是南方人，饭量不大，吃相文雅，一份肉夹馍吃不完，便分给蓝姿一半。他一边聆听当地人的寒暄，一边颇感兴趣地看着店堂里墙壁上的一幅关于饸饹的古画——

画的内容是凡逢年过节、老人过寿、小孩满月、婚嫁喜庆之日，当地人都要摆上饸饹宴，夏天吃凉拌饸饹，冬季浇热臊子吃汤饸饹。就连乾隆皇帝也特别爱吃饸饹，特调会做饸饹的厨师进宫，同时饸饹也作为贡品年年奉旨进入紫禁城，成为皇家宫廷必备美食。

“一幅画都能记录古老的美食文化啊！”苏辛正看得入迷，忽然想起了什么，冷不丁地凑到吴迪身边喊道，“哎呀，我怎么忘记了一件事！徐婉凤是苏州年画的传承人，她手里必然有当年的文物级画作！”

“这就是我们来此的由头！”吴迪神秘地笑着。

“这么说你已经拿到了时空之引？”蓝姿反应迅速，急忙问吴迪。

吴迪点点头，看向墙壁上的画，低声说道：“她送给了我一幅地图。”

“你怎么不早说啊？！”

“你们也没问啊！”

“我还以为来宝鸡是寻找虢国遗址的呢！”

“此地人多眼杂，一会儿我会详细说明我的计划。”吴迪捧起能遮住他脸庞的饸饹大老碗，“吱溜、吱溜”地喝完了香喷喷的饸饹汤。

上午 10 点，三位少年探秘师来到了虢镇东湾贾家岸遗址，这是一处历史悠久、文化内涵极其丰富的省级重点文物保护单位。虽然历经近 3000 年沧桑岁月的变迁，但西周虢国人的生活痕迹并没有完全消失。此地残留有虢国人使用过的陶器、石器，带钻孔的海贝、骨簪、骨环、雄性鹿角以及禽类和兽类动物的遗骨等，它们真实记录了古人当时的生产生活状况。

“西周是‘金石并用’的时代，当时铁器刚刚兴起，铜器被普遍使用，石器并未被完全淘汰。不过，现在已经很难再找到当时的铜器了，找到一件当时的陶器或是石器却很容易。”吴迪在略显荒凉的遗址群中边走边说。

“此处人迹罕至，你可以说说这次的计划了。”走出遗址群，苏辛终于沉不住气说道。

吴迪从土里捡起一片扁平的石片，侧身弯腰，“嗖”的一下抛入对面的湖水中。石片飞速掠过静止的水面，欢快地蹦跶出三个水漂，荡起一圈圈环环相扣的波光涟漪。

“这就是我的计划，我们至少要复制传输两次，因此需要两件时空之引。”吴迪掸了掸手上的尘土，看向一脸茫然的蓝姿，说道，“第一次传输，我们先用徐婉凤送给我的羊皮卷地图回到明朝，找到徐正明见过的‘孙悟空’，尽可能多地了解飞行国的相关情况。第二次传输，我们要回到 2000 多年前的此地——虢国，在虢季子白盘制造之前找到磁力晶体铜，带上这东西寻找飞行国。”

“啊？连续两次复制传输身体跃迁到古代啊？”苏辛突然紧张起来。他很清楚这种行动对身体的伤害，少年探秘师没有重大行动是不会轻易回到古代的。

“我明白你的担忧，但是这次任务极为特殊！”吴迪从背包里取出一只帆布小口袋，从中掏出两个信封，态度决然地说道，“现在我告诉你们，第一个信封里装的是徐正明木匠亲手画的飞车设计图和飞行国地图。从夜明珠里看到的奇异景物就是飞行国的山川地貌图，徐木匠早就把它画了下来，至于说到其真假和可信度，就需要我们回到明朝去验证了。第二个信封里是现在的徐婉凤写给未成年的徐婉凤的亲笔信，未成年的她看了信就会相信我们，也会帮助我们。”

苏辛和蓝姿面面相觑，他们没想到吴迪竟然已经做了这么多的准备工作。

“只有分别完成了回到明朝和西周的任务，我们才有可能完成寻找飞行国的任务。这三项任务加在一起是难上加难！”吴迪补充道。

“真刺激！！！”蓝姿对这次特殊的任务充满期待。

倒是苏辛被西北风吹得很冷静，他追上吴迪问道：“这样看来这个地方是要再来一次的？”

“之所以提前来，一是要做充分的心理准备；二是要感受古地的磁力气场；三是要找一件用来二次复制传输的时空之引，这点很有必要，但也不难，我已经和这里的研究员约好了。”吴迪笑吟吟地向遗迹管理所走去，“四是要让温科华一伙搞不清我们的行踪，彻底找不着北；五是要……是要熟悉地理环境，通过卫星图了解地形地貌，省得我们到了周朝找不到北……”

蓝姿迎着凛冽的西北风，与苏辛一起在这片广袤的土地上等待时空之引。

当午后的雪花稀稀落落地飘满天空时，少年探秘师等来了打开千年历史之窗的时空之引——石铲。

精彩点评

本作讲述了三位少年探秘师根据古书记载和历史线索，去探寻奇肱国的冒险故事。在此过程中，少年们克服重重困难，并与黑暗科学家周旋，展现出强烈的正义感与团结协作的冒险精神。故事以解谜为主线串联起极具特色的地理风貌和人文风情，将时空穿梭、宇航技术等热门科幻设定与内容，通过亲切活泼的文字呈现在小读者眼前。小说采用游历探险模式展开叙事，兼有倒叙、插叙等技法，将不同性格、不同特长的主人公形象以团队的形式聚集在一起，又不脱离最终的探秘目标，在明晰的主线下生发出诸多引人入胜的情节。故事在培养小读者想象力外，还通过巧妙的嵌套手法进行本土文化传播，同时也润物无声地做到了对历史知识与科学知识的普及。想象中的先进科技与丝绸之路的细腻景致相互交织，生发出别样的陌生化美感，对历史细节的再现、对文物宝藏的描绘，甚至是对一种地方美食的刻画，都可以感受到作者落笔时肩负的使命感。对“飞行”的向往贯穿民族想象的全程，公输班等先辈的匠人精神转换为中国少年的正义勇敢，在科学幻想的加持下，描绘出了别样的天地。

科幻研究学者、北京师范大学文学院硕士　肖汉

海神的宫殿

作者：马传思

出版社：安徽科学技术出版社

出版时间：2020 年 5 月

【内容简介】

一场台风过后，13 岁少年田小羽和妹妹田小葵到海滩漫步，妹妹被一只水母状生物蜇伤，此后性情大变。田小羽带着那只生物去找住在灯塔的宋爷爷，得知这种生物叫作“太岁”，而宋爷爷的灯塔下有一个隐蔽的研究小组，正在追查这种生物。他们乘坐科考船和潜水艇，身穿特别的潜水服，经历了远航、登岛、无人机被离奇摧毁、妹妹与“太岁”神秘交流、在海底“森林”遭遇巨大“怪眼”、冲出旋涡、发现海底鲸落和古代沉船、目睹不寻常生物聚集事件，最终到达了海神的宫殿，目睹了不可思议的生命形态和一种正处于雏形阶段的文明。当田小羽和同伴们离开海神的宫殿时，一件更加意外的事情发生了……

【内文选编】

第二十一章　河谷之中

在田小羽的印象中，宋爷爷见多识广，知识渊博，不管遇到什么事，都能沉稳应对。

所以当他看到宋爷爷一副急吼吼的模样时，不由得有些惊诧。

“从进入那个海底废墟开始，我就有了一个模糊的猜想。现在这个想法变得更加清晰了。”宋所长一见到安娜和田小羽，就急匆匆地说道。

“这里是一个独立的生态系统，整个系统赖以维持的能量源，就是这条河，河里流淌的是石油；这些类似古细菌群落的生命体，靠石油维生；而太岁，又是以这些生命体维生。这个生态系统中，没有其他掠食者，不是没有它们的空间，而是它们不需要靠掠夺能源来生存。”宋所长还在一脸兴奋地说。

田小羽脑袋里突然闪过一道光：“宋爷爷，那些掠食动物，比如鲨鱼啊，虎鲸啊，要是不小心闯了进来呢？会不会像鬼子进村一样大开杀戒？”

“如果真的发生了这样的意外，我估计有两种可能，一是那些掠食动物会和这里大多数生物一样，发生变异，变成了吃素的。”

“哈哈！吃素的鲨鱼，这可真好玩！”田小羽忍不住笑了起来。

“还有一种可能，就是被太岁消灭了。是这样吗？”安娜插了一句话。

宋所长点点头：“太岁那种变幻莫测的能力，我们已经窥见了一点点，我想它身上一定还有更多地方，足以颠覆我们的思维。”

“对了，宋爷爷，我们在外面进过的那个废墟，难道也跟这里一样吗？”田小羽问道。

宋所长摇摇头：“这一点我不敢确定。不过，太岁不是在那里把小葵带走的吗？我猜想，那里可能和这里有某种关系，可能是太岁把这里的生态系统复制到了那里，只不过那里没有石油，却有海雪作为能量源。”

他刚说到这里，众人的耳麦里突然传来王迪的声音：“所长，安娜，我们有了重大的发现，你们赶紧来吧！”

田小羽连忙问道：“你们找到小葵和太岁了吗？”

“找到了！不仅是那个太岁，还有更让人惊讶的事！”王迪的声音兴奋得颤抖。

很快，潜水服的手腕部分传来“滴”的一声响，王迪把他们所在的位置发送到了每个人的微型电脑上。

田小羽跟随着宋所长和安娜，翻过河流上游的一个斜坡，到达了刘船长和王迪所在的河边。

他放眼往前一看，顿时就明白了王迪所说的“重大发现”是什么——

就在他们前方几十米远的河谷中，上百只太岁正在悠闲地进食，情景蔚为壮观。这些太岁有大有小，小的那些看起来触须只有一两米长，通体半透明；而大部分太岁都大如潜艇，触须也更加色彩多样。还有几只更加巨大，让田小羽突然想到牛群中夹杂着几头大象。

在这群太岁中，他很快看到了“三号”，因为只有它的触须带着绿藻的色彩。而在它的旁边，小葵正在河谷上徜徉，红色的潜水服特别显眼。

“小葵！”田小羽惊喜地大喊起来。

一旁的安娜给他做了个手势，说道：“她听不到，估计是耳麦已经损坏了。我们一起过去吧。”

田小羽带头朝河谷中跑去，其他人也都跟在他身后。

等来到河谷边缘，他们离最近的太岁只有几米之遥。这时，宋所长提醒大家：“这些太岁对小葵一点威胁都没有，但我们还是小心一点，不要做出剧烈的动作。”

这时，小葵已经从地上抬起头朝这边望了过来，透过面罩，田小羽能看到她欣喜无比的表情。然后她朝这边跑了过来。

田小羽迎上去，一把拉住小葵的手，把她从上到下地打量了几遍：“你没事吧？你为什么要一个人乱跑？我们这么多人都急坏了！”

小葵抽出一只手，指了指自己的面罩，然后大声说了起来，但她的声音被面罩阻隔，变得模糊不清，田小羽只是断断续续地听到她说：“坏了……联系不上……我没事……”

安娜走上前，一把搂住小葵，两个人像是久未相见的姐妹一样亲密，但对话起来也很困难。

这时，王迪走过来检查了几遍小葵的面罩，然后摇摇头，告诉大家：“可能是里边的线路故障，得取下来时才能拆开修理，现在没有办法。”

“那就先这样吧，现在我们找到小葵了，这么多太岁也在我们身边，我们观察一阵，然后就可以踏上归程了。”宋所长说道。

田小羽突然听到马上就可以回家，不由得惊喜过望，但一想到就要离开这些太岁，似乎又有些意犹未尽。

这时他才注意到一件事：他们这里这么多动静，但那些就在他们身边游弋的太岁却似乎毫无察觉，并没有受到惊扰，在继续安详地进食。

它们进食时，伞状体一张一合地微微动弹，那些长长的触须在布满河谷的古细菌群落中灵活摸索、扭动。然后，透过它们半透明的表皮层，能看到那些微尘般的细菌群落正顺着它们的触须向全身蔓延开来。

看着眼前这幕既怪异又有趣的场景，田小羽脑海里突然冒出一个念头：这些不断扭动的触须，就好像数以万计的大象的长鼻子被缩小成原来的一万分之一，然后聚集在一起饮水。

他被自己这个滑稽的念头逗笑了，惹得大家纷纷转头看着他。

王迪突然兴奋地告诉大家：“我的次声波探测仪上有信号！”

田小羽探头看过去，看到王迪手持的探测仪上显示出一道高低起伏的曲线。

“这么说来，它们在一边进食一边进行交流呢。”王迪兴致勃勃地说。

宋所长一直和众人一样，在观看这些太岁进食。过了好一阵子，他突然开口了：“看来，到目前为止，最大的主角还没出现。”

“什么？还有更大的？”田小羽忍不住惊叫道。

王迪和安娜也很惊讶地看着宋所长。

“这些天发生的事，每一件都超出我们之前的预料。我们原本以为，太岁就是我们要找的对象，是这个奇怪海底世界的主角，谁能想到，它只是这个庞大群体中的一员。”

听到宋所长这么解释，田小羽才没那么惊讶了，觉得有几分道理，“要是真的还有一个更大的家伙，比如它们的主人，或者女王，那它该有多大呀！”

小葵听不清大家讨论的内容，但看她的神色，似乎也模糊猜到了，于是，她拉了拉安娜的手，隔着面罩对安娜说了几句什么话。

等到她说完后，耳麦里传来安娜高兴的声音：“小葵说，她见过最大的太岁！”

“果真还有个幕后大老板。”宋所长的声音里也带着几分兴奋，“事到如今，我们总得和‘大老板’见个面，让小葵带我们去吧。”

安娜点点头，然后把宋所长的话转述给了小葵。等她们聊完后，安娜告诉大家，小葵说，等到这些太岁进食结束，跟着它们去就可以了。不过，它们什么时候能进食完毕，小葵也不知道。

这样一来，大家都做好了心理准备——看这些太岁进食的速度，估计没有几个小时是不会结束的。

但事情再一次出现了让人意想不到的变化——小葵开始犯病了。

当时，一直都在安静进食的那些太岁突然停止了进食，纷纷收回触须，伞状体开始膨胀起来，接着，喷出一股水流，在水流的推动下，排着长长的队列朝前游动。

可就在大家的注意力都放在那些太岁身上时，田小羽突然听到小葵发出一声沉闷的呻吟。他一转头，只见小葵双手抱着面罩，身子一阵阵颤抖。

“小葵，你怎么啦？”田小羽一边大声发问，一边朝小葵跑过去。

安娜原本就在小葵身边，连忙伸手去搀扶她，关切地问她是怎么回事。但小葵身子颤抖得站立不稳，往地上滑下去。

田小羽的心一阵阵下沉，他大概猜到小葵是怎么回事了——她脑袋里一定是又出现了那种奇怪的声音，又开始剧烈头痛了。

小葵已经开始拉扯自己的面罩，似乎想要把面罩脱下来，田小羽连忙使劲儿抓住她的一只手，一旁的王迪也过来了，抓住了小葵的另一只手。

“快去潜艇上，把小葵的包取过来，里边有药！”田小羽心急如焚地大喊着。

“我去，你们抱住她！”刘船长说着，转身就要朝停在远处的潜艇跑去。可他才跑了两步，就硬生生地停下了脚步——

原来，“三号”原本混杂在同伴中，一起朝前方游走；而现在，它正离开自己的队列，朝这边飞驰过来。

田小羽一直在紧张地照看着小葵，透过面罩，看到她苍白的脸上冒出豆大的汗珠和因为痛苦而无神的眼睛，他心里仿佛被烙铁烫过一般。

就在他手足无措时，突然，几条触须伸了过来，在小葵的面罩上和潜水服外轻轻摩挲着，其中一条触须则伸向田小羽和王迪，轻轻一推，把他们抱着小葵的手推开，接着，剩下几条触须缠绕着小葵的身体，把她抱了过去。

看着头顶上如同千丝万缕的藤蔓般的触须和被缠绕在其中的小葵，田小羽和所有人一样惊呆了。

神奇的是，在那些触须的摩挲下，小葵的头痛似乎慢慢减轻了，她的身子蜷缩着，如同睡在襁褓中的婴儿。

直到这时，“三号”才带着小葵，朝前方的同伴们远去的方向游去。

“快跟上！”宋所长大叫道，大家这才如梦初醒，纷纷追着跑了起来。

田小羽一边跑，一边在心里琢磨着刚才发生的事，渐渐地，他乱糟糟的脑袋里理出了一些头绪：这群太岁正在进食，突然，它们的主人发出了召回的指令；而小葵由于和太岁进行过多次交流，她的大脑也能对这种次声波指令做出反应；但这次的次声波信号更为强大，她的大脑承受不了，于是头痛剧烈发作。

“看来，只有‘三号’才能缓解小葵的病情。”田小羽念叨着，这让他不由得喜忧参半。

他抬起头来，目光越过“三号”，越过再前方的那群太岁，在它们的前方，在黑色河流的尽头，矗立着一片海底山峰。

他隐隐有种预感：那片群山就是这群太岁要去的地方；在群山之中，这群太岁的主人，那个神秘的存在物，正在那里等着他们的到来。

精彩点评

本作讲述了妹妹田小葵在台风后的海边被未知生物蜇伤，因而性情大变，为了寻求救治方法，哥哥田小羽带着妹妹去往灯塔下寻找宋爷爷，却没想到宋爷爷负责的隐蔽的研究小组正在追查这种陌生生物，于是兄妹俩与宋爷爷等人一道出海下潜，历经各种奇遇后，最终目睹了深海的生命文明形态，而一段更加恢宏的故事也就此展开。故事的科幻核心设定是海底世界光怪陆离的奇景与海洋智慧生命的成形，在此基础上，融入了航海知识、海洋生物、深潜工具等小读者十分感兴趣的元素，在想象力的渲染下，共同描绘出一幅绚烂的海底世界图景。小说以独特的节奏架构和行文风格为小读者呈现出一隅极具本土特色的“亚特兰蒂斯”，故事兼顾致敬与创新，海洋漫游的情节推进彰显着凡尔纳式科幻的古典美感，科学家带领少年游历的模式又彰显着新中国初期儿童科幻的温情，而对探索方式、先进技术以及海底生命构成的创造性描写，则又将故事拉至观想的未来。小说通过“太岁”这一概念聚合度极高的符号来命名未知海洋生物，既是对后文海洋生命文明的影射，又是对本土文化的一次再演绎。

科幻研究学者、北京师范大学文学院硕士　肖汉

无边量子号：惊变

作者：江波

出版社：安徽少年儿童出版社

出版时间：2020 年 10 月

【内容简介】

“无边量子号”是知名科幻作家江波专为青少年创作的系列科幻小说，本书是第二部。故事发生在 23 世纪，登上无边量子号后，李子牧和伙伴们踏上了寻找“第二地球”的旅程。在遭遇一次偷袭后，他们发现其他星球上的智慧生命正联合起来阻挠“第二地球”的探索项目，而背后的真相似乎与几百年前占领地球的人工智能系统“艾博”有关。关键时刻，李子牧担任“船灵”的重要职能，带领大家冲破障碍，继续探索的道路。

【内文选编】

第一章　天乾三小队

无边量子号在茫茫太空中飞行。

飞船的速度极快，将近每秒一千公里，然而从飞船上望出去，外边的一切仿佛是静止的，丝毫觉察不到飞船在运动。

这是起航后的第十天。

李子牧做完功课，望着窗外发呆。

现在的地球成了一颗遥远的星，游离于银河之外，比其他星星更亮、更大。这颗蓝色的巨大星球在群星间穿行，昭示着它独特的地位。无边量子号距离地球已经有上千万公里，每一天，李子牧都在刷新自己远离地球的纪录。这段路遥远而漫长，然而与广袤的太空相比，却又近得不能再近。

从李子牧的角度望去，月球紧挨着地球，让地球看起来像一个小小的葫芦。这是个会变化的葫芦——月球转到地球的不同方位，会让这个葫芦看上去有那么一点点不同。

如果持续观察，还能看出地球在星空中不断移动，成了夜空中的“行星”。行走的星星有特殊的轨道，金星、太阳也在这条轨道上，恰好与地球连成一线。李子牧没有看见火星，或许这个时候，火星要在飞船的另一侧才能看见。

这些变化都很缓慢，在无边量子号上，窗外的景象和第一宇航中心的截然不同。第一宇航中心绕着地球旋转，太空每时每刻都在变化。但是在远离地球的无边量子号上，太空就像凝固了一样，很难看到变化。漫天星辰相伴银河，像是贴在窗上的一幅画，虽然辉煌灿烂，但看久了也会麻木。

世界一成不变，时间就显得格外漫长。

“你们首先要学会的一件事，就是如何应对漫长的等待。”李子牧想起了丽莎上尉的话。这十天来，他深切地感受到了这一点。

他又想起自己的小伙伴。成为预备队员之后，李子牧和林强、詹姆斯一起被编在天乾队。“天乾”是一个奇怪的名称，从火星传来，据说是源自古代中国的一组神秘符号，共有八个，总称为“八卦”，在火星上颇为流行。八卦还可以继续细分，总共有六十四个卦象，然而人们记不住那么多奇怪的名词，于是只用其中基础的八个，然后在后边加上数字用于命名编制。

无边量子号上共有八个大队，每个大队有一千名战斗人员，每一大队分为八个中队。以天乾大队为例，下属八个中队的名称就是从天乾一到天乾八。中队之下还有小队的编制，小队是中队的预备队。李子牧在天乾三小队，林强在天乾四小队，詹姆斯则在天乾六小队。

负责分队的人似乎对学员之间的情况非常了解，会尽量打破学员原来熟悉的圈子，把人编入不同的队伍。林萍萍甚至被分到了火离队。

不知道其他伙伴的情况怎么样。十天来，学员们被禁止自由活动，除了短暂的集合训话之外，连自己的休息舱都不能出。唯一能看见外边情况的地方就是舷窗，而舷窗之外，星空乏味得让人窒息。

这像是一种禁闭。

也像是一种考验。

李子牧摸了摸桌上的标志，这个标志很简单，是三条粗粗的横线，它代表着天乾。

“沙达克！”李子牧呼唤飞船的中枢。

“天乾三下士李子牧，请问有什么需要？”沙达克立即回应了他。

“我想找一些资料。”李子牧说。

“目前所有的资料库暂时封闭，你需要得到丽莎上尉的许可才能使用。”沙达克不紧不慢地回答。

“我想了解飞船的编制体系，这应该不属于资料库的内容，而是船员应该具备的常识。”李子牧说。

“这个要求可以得到满足。”

“给我看看八卦的所有图案。”

八个图案排成一个环形浮现在书桌上方。相邻图案之间的差别并不大。天乾是三条粗线，地坤恰好和天乾相对，并把三条粗线从中断开，成了六道短横。其他的也是用长短不一的横线上下相叠，形成图案。

这算是一种抽象的符号系统吧！

“沙达克，这些图案有什么含义吗？”

“天地水火，风雷山泽，这就是它们的含义。”

这恰好就是八个队名：天乾，地坤，水坎，火离，风巽，雷震，山艮，泽兑。“天地水火，风雷山泽”，这似乎很好懂，然而每个字后边加上的字，就有些生僻了。

“我想知道天后边的这个‘乾’字，是不是也有什么含义。”

“乾就是天，古人最初发明这个字的时候，也许有别的意思，但现在，我只知道它是天的意思。它包含着古代的中国人对地球的想象，在古人的观念里，世界由天地水火、风雷山泽组成。火星联合会在讨论舰队名称时，设计了许多方案，最后决定使用八卦来命名，以此来纪念人类的地球时代。”

“但是这符号真的很抽象。”

“没错，它更像是文字而不是图案。有些人甚至认为这是一种二进制符号，长横代表一，短横代表零。零和一就能代表宇宙万物。”

这的确是一种很有趣的说法，李子牧仔细打量着眼前的八个符号。如果用零和一来表示它们，会得到什么结果？

一一一，零零零……恰好是八个二进制的数字。如果转化为十进制，那就是零，一，二……七。这些符号，其实就是数字。

“很有意思。”李子牧说。

“没错，八卦是一门复杂的学问，古代的中国人用它来进行占卜。火星上曾经有一个地球学会，专门研究各类文化。虽然学会早就解散了，但是它留下了一个庞大的数据库，如果你有机会登上火星，你就可以问问阿瑞斯，它是火星基地的主脑，储存了火星上的所有知识。”

“火星上的知识？”

“地球上的人类灭亡时，并没有多少知识被传承下来，关于古人的一些知识，都储存在火星上。然而火星世界为了应对挑战，被迫转向军事体制，这些文化知识都被当作史前资料储存起来，很少有人再去研究。”

李子牧想起了达尔文船长送给自己的那本古老的纸书，上面记载了曾经的地球上有成千上万种茶，人们甚至把它们带到了火星。然而无边量子号上只有一种标准红茶。即便如此，也比第一宇航中心要强多了，第一宇航中心没有茶，只有一种提神饮料，叫神牛。

“你的资料库里没有关于八卦的书吗？”李子牧问。

“这和无边量子号的飞行任务无关，我没有携带相关资料。”

“哦。”

“还有别的事吗？”

“没有了。”

李子牧一时也想不出什么来问沙达克，他只是想找沙达克说说话。

“有任何疑问，随时可以找我。”

说完，沙达克便陷入沉默，八卦的图案也消失了，书桌上方空空如也。李子牧怅然若失地扭头看着窗外。

突然，桌上跳出一个硕大的红点，不断闪烁。

“天乾三下士 3345 李子牧，请立即到动力舱一号舱集合。天乾三下士 3345 李子牧，请立即到动力舱一号舱集合……”紧急信号灯不断闪烁，警报声不断重复。

李子牧伸手在红点上一碰，警报声戛然而止，那虚拟的红点也即刻消失得无影无踪。他迅速起身，飞快套上作战靴，打开房门冲了出去。

“木头！”一个喊声从背后传来。

李子牧回头一看，是林强。几天不见，他的发型倒是整齐了许多，原本乱糟糟的头发经过修剪，显得干净利落。

林强很快跟上来，和李子牧并肩跑着。

“阿强，你们也去动力舱一号舱吗？”李子牧边跑边问。

“不，我们是去发射舱。”林强回答，“昨天我碰到林萍萍了，你猜怎么着，她和一个男生在一起，那人看上去和詹姆斯差不多高，我开始还以为是詹姆斯，后来看清楚才发现是个不认识的人。林萍萍和他有说有笑，很开心的样子。”

“哦？”李子牧有些纳闷林强怎么说起这个。

转眼到了岔道，林强抬抬手说：“回见！封闭训练结束后我去找你！”

等李子牧气喘吁吁地冲进动力舱一号舱，一抬头就看见丽莎上尉正站在高台上，双臂抱在胸前，居高临下地看着一个个匆忙赶到的队员排列成行。

李子牧很快在队列中找到位置，以军姿站好，他是倒数第二个到位的人，最后一名队员在十秒之后冲了进来。李子牧目不斜视，然而眼角的余光告诉他，那人是大个儿。

大个儿就是那个被提尔欺负还闷声不响的人。大个儿名叫凯恩斯·里加，除了丽莎上尉喊他的名字，其他队员都很快习惯了喊他的绰号“大个儿”。

大个儿在李子牧身边站好，高大的躯体往那儿一站，像小山一样敦实。

“很好！”丽莎开口了，“现在，告诉我，你们谁能报出所有队友的名字？”

听到这个指示，队列里一阵骚动，大家彼此看着。但李子牧没有动，大个儿也没有动，都保持着立正的姿势，目视前方。

“李子牧，你来！”丽莎点了李子牧的名。

“金莎、金利尔、林如森、林觉之、桑迪普、刘立武、阿尔莫、菲利普、王凯利、埃尔文、大……凯恩斯。”李子牧流利地报出了十一个名字，只在报出凯恩斯的名字的时候，差点说成大个儿。

丽莎满意地点点头说：“很好！”

“凯恩斯，你呢？”丽莎问大个儿。

大个儿也很流利地报出了所有人的名字，如果是西式姓名，他甚至把姓也一道报了出来。阿尔莫的姓氏长达七个音节，阿尔莫·巴拉斯布拉曼内，大个儿也流利地报了出来。

“凯恩斯·里加。”他最后报出了自己的名字。

大个儿的记忆力倒是很不错。

“还有什么人能报出来？”丽莎继续问。

小队有一半的人能够记住所有人的名字，另一半的人记得并不完整。

“你们记住，你们是一个小队，彼此间要相互信任，如果连对方的名字都不记得，那么你怎么能完全信任你的队友？”丽莎总结道，“虽然只有十天时间，你们彼此只见过几面，我也没有刻意要求过你们要彼此认识，但这应该成为你们融入这个团体的第一步。尽可能记住对方的名字，说出对方的名字，对你们之间快速建立信任很重要。”

丽莎停下，扫视着眼前的队员们，最后宣布："过去的十天，你们要学会的是等待，但从现在开始，你们要忙得停不下来！"

随后，她开始给小队布置任务。

天乾三小队的训练任务是手动重启聚变环。这是一个复杂的流程，首先要启动等离子分离，在高压舱内把液态氢加热到等离子体的状态，然后打开聚变环的控制磁场，导入少量等离子体，当聚变反应开始时，聚变环会向外供能，这时再导入大量等离子体，就能形成稳定的能量输出。整个过程需要小心细致地控制高压舱的温度和等离子体的流向，随着等离子体在聚变环中转速的变化，更要及时监控调整电磁场。这就需要高度集中精神，否则很可能导致聚变环熄火，任务失败。

李子牧身穿简易的太空服，在动力舱的维修通道里蹲着，维修通道很窄，勉强能够让两个人紧挨着交错而过。他的面前放着一个小小的屏幕，屏幕是一块厚实的玻璃，约两个手掌那么宽，只有四指高，像素很低，肉眼都能看出来屏幕上的一个个小格。这些需要手工运行的系统，往往显得很原始，和虚拟界面有天差地别。据说是因为火星的工业资源不足，在一些能够节省的地方，就用了库存的老货。

屏幕上的图形也很简单，只是一些色块。每个色块表示一个模块，红色代表燃料池，当红色线条从燃料池里流出，进入绿色色块，表示核燃料开始注入。同时，屏幕上有巨大的字体显示着燃料注入的数据。

此刻，显示的数据是一千一百四十六百万流明。

李子牧注视着不断跳动的数据，心头不断默念。一旦这个数字达到一千二，他就要向通道尽头的大个儿传递消息，大个儿就要小心地拧动那个巨大的限流阀，抬高注入的能量。一旁的刘立武则不断地报告着环流磁场。磁场的任何波动，对于聚变环来说都是个危险的迹象。虽然正常情况下磁场很稳定，然而为了避免发生意外，必须有人时刻监控着。

“指数正常吗？”大个儿问。

“还差五十，小心，动作放慢。”李子牧回答。

数字缓慢增长，逐渐接近预定值。

“一千二！”李子牧大喊。

大个儿快速转动限流阀，屏幕上流动的红色线条停了下来。

大个儿佝偻着身子从通道那头走过来，在李子牧对面一屁股坐下，推开面罩说：“累死我了，那个转盘转起来竟然这么费劲儿！我都快憋死了！”

“戴上面罩，我们在进行模拟训练！”李子牧提醒他。

“不就是训练嘛！”大个儿满不在乎地说。

“你还得回到转盘那儿！”李子牧说。

“什么？”大个儿有些意外，“怎么了？”

“万一磁场有任何变化，你必须立即切断核燃料的注入。”

“我们的任务不是手动点燃聚变环嘛！哪有什么磁场波动！”

李子牧转头看了看刘立武，刘立武仍旧专心致志地盯着屏幕。

“你看刘立武。”李子牧对大个儿说。

大个儿看了刘立武一眼，默默起身向着自己的岗位移动。

通道里暂时安静下来。

现在需要等待其他三个小组的行动，只有四个小组都成功完成任务，才算是圆满的结果。在过去的三个小时里，小队曾四次尝试启动聚变环，但总会有一组失误导致其他小组前功尽弃。希望这一次，大家都能完成任务。

突然间，李子牧只觉得身子被狠狠一推，一个趔趄撞在舱壁上。他条件反射般伸手撑住舱壁，才让自己没倒下。

“所有乘员注意，前方发现意外陨石，飞船将采取规避行动，调整航线，所有乘员停留在目前的岗位上，不要移动。”警报响了起来。

“天乾三小队，原地待命！”丽莎的声音通过训练服上的麦克风传入大家耳中。

李子牧和大个儿、刘立武彼此对望了一眼。此时此刻，除了等待之外没有别的事可做。

究竟发生了什么？李子牧心想。他有一种冲动，想立即去看一看究竟是怎样一块石头，竟然迫使无边量子号紧急变向。

精彩点评

本作是系列作品的第二部，故事承接《无边量子号：启航》的情节，讲述主人公李子牧和伙伴们在探寻“第二地球”的航程中，遭到了其他星球智慧生命的阻挠与偷袭，其背后的真相似乎与几百年前占领地球的人工智能系统有关，关键时刻李子牧承担重要职能，带领飞船冲破阻碍继续航行。系列小说试图以太空歌剧的形式构筑一群少年的成长路径，宇宙风貌与宇航知识成为小说中重要的科幻元素，加之作者先前的硬科幻创作经验，故事中的诸多科学阐释丰富且细腻。在宇航背景外，小说以当下流行的人工智能题材构筑起一个更为宏大的人机斗争背景，这也是作者此前科幻创作所擅长的内容。故事用充满童心的语言构筑庞大世界观，宇宙壮美景致的描写和快节奏的情节相得益彰。小说中仍有对本土传统文化的科幻阐释，例如舰队命名与建制灵感源于八卦，并将八卦与二进制代码进行比较，贯通古今的同时也有助于读者理解。太空漫游与人机斗争作为科幻书写的常见题材，将在《无边量子号》系列中迎来一个适合少年儿童审美与价值观的版本。

科幻研究学者、北京师范大学文学院硕士　肖汉

中国轨道号

作者：吴岩

出版社：安徽少年儿童出版社

出版时间：2020 年 12 月

【内容简介】

本书是科幻作家吴岩的长篇少儿科幻新作，入选“十三五”国家重点图书增补项目、2019 年中国作家协会重点作品扶持项目和安徽省 2019 年重点出版物选题。

故事发生在 1972 年，空军第六军事装备研究所（以下简称军装所）接到军委紧急命令，要在两年内把中国第一艘载人飞船“中国轨道号”送上太空。军装所部队大院的孩子为此欢欣鼓舞，但又必须守口如瓶。这些从小就立志要飞向蓝天、保卫国家的少年，在父母一辈模范的引导下，最终将自己融入伟大的事业，并由此成长为努力、坚守、正直和懂得关爱的新人。而他们所参与的那些发明和发现，不但会让中国人在太空中画出一条自己的轨道，还将会在更多的方面改变这个世界的面貌。小说从一群孩子的眼中，观察了中国航天技术在一个独特时代的发展景观，呈现了一个国家创新能力上升过程的缩影，传递了勇于创新的筑梦精神和坚持不懈的逐梦精神。

【内文选编】

顾阿姨说到做到，仅仅隔了一周多，我们就又被请进她的实验室。

今天，这里的气氛跟上次非常不同。一些新的、过去我从来没有见过的叔叔阿姨出现在这里。大家好像都在期待我们的到来。这让我觉得好生奇怪。

“来了？好。让我看看你们。嗯，两个人看起来状态都很不错！今天是我们的重要日子，也是你们的重要日子。”

我跟冬冬都用疑惑的目光看着顾阿姨。

“先不告诉你们为什么，我们先来跟上次一样理发。”

利用理发的时间，顾阿姨大致跟我们说了说她对前一次检测的看法。她讲话的时候指着一个连接着脊髓的大脑模型，让我们看大脑皮层和它下面的脑器官。

“这是延髓，这是脑桥。”

我跟冬冬面面相觑，完全没有听懂。但顾阿姨只当我们能明白，自顾自地继续说下去。她说冬冬的智力障碍是因为先天不足加上错过了大脑成长的关键期，所以发育上落后于正常的孩子。对我们两个人脑电波的探测结果表明，如果把我当成一个基准，那冬冬的大脑皮层部分跟我的之间存在许多电位差。也许这就是他跟我之间存在智力差异的原因。但是，冬冬大脑皮层下面的一些结构特别发达，许多大脑的功能由这里取代。顾阿姨还拿出一个橘子，剥开外面的皮，跟我们说，这个外皮就是大脑皮层，人类用它进行各种高级的思考和心理活动。但大脑皮层下面还有一些结构，这些结构因为大脑皮层发达了，反而作用变弱了。冬冬的大脑皮层没有发展起来，这让他智力受到了影响，但少了上面的压制，下面这些组织结构的功能反而能得到更好的发挥。

“你们听说过千里眼吗？就是二郎神的眉眼中间那只眼睛。早在几百年前，就有人说大脑中的松果体其实就是二郎神的那只眼睛。由于大脑皮层的进化，这只眼睛的功能逐渐消失了。但我们第一次对你们进行实验的时候就发现，冬冬的大脑在这个部分的活动非常强烈。这给我们提供了一个思路。解决冬冬的问题，不能像往常一样去寻求恢复大脑皮层的作用，而要根据他的特点，寻找属于他自己的优势。好，现在让你们再看样东西。”

顾阿姨打开一扇窗户。透过玻璃，我们看到隔壁房间的景象。哈，那也是一座“玻璃城市”，简直是我们这个房间的翻版。只是，在整个玻璃管道和瓶瓶罐罐的中央，有一个稍大一点的方形水池。水池的每一条棱上都包裹着多股电缆线。房间的墙壁看起来像高级电影院一样，表面贴着吸声的海绵。

“这可不是你们上次看到的那种溶液计算机了——那个技术上还有些问题，让他们拿回去了。现在你们看到的是我们中科院生物物理研究所设计的生物计算机。所谓生物计算机，顾名思义就是用生物体来充当计算设备。他们尝试了各种生物组织，看哪些能充当计算机元件。据说，第一个试验的是叶绿素。你们知道叶绿素吧？那是一种能把阳光和空气转化成能量的植物结构，但可惜它的计算能力不行。现在改用一种叫‘秀丽隐杆线虫’的虫子。这种虫子大概有一毫米长，雌雄同体，自我受精和繁殖。有意思的是，它的繁殖周期、繁殖量跟温度和食物、催化物之间有稳定的关系。例如，16 摄氏度的时候繁殖一代要 5 天，20 摄氏度的时候繁殖一代要 3 天，25 摄氏度的时候繁殖一代只要 2 天。在它的成长过程中，还会有固定的 4 次蜕皮。繁殖和蜕皮之后，培养液中的色彩就会变化。所有这些，就成了我们做生物计算机的基础。小虫子就是算筹，相当于算盘珠子；温度、食物、催化物就是我们给它们的计算要求，类似程序和数据。池子里面的水因为虫子数量或者蜕皮的多少所产生的色彩变化，就是计算的结果。”

“啊，虫子计算机？”

“呵呵，是啊，还挺有用呢。但是，这样的计算太简单了。他们又引入了一种秀丽隐杆线虫的敌对微生物，这种微生物也有自己的计算功能。当两种微生物合在一起的时候，外部条件的变化就能让它们相互对抗。秀丽隐杆线虫代表 0，那么引入者就是 1，相互的吞噬、排斥、共存就形成了‘与非门’式的二进制逻辑计算。不过，这些就太深奥了。我要说的是，这种计算机比起北大和中科院计算所正在做的晶体管计算机，不但体积更小，而且可以同时完成多项任务。就是说，半导体计算机一次算一道题目，生物计算机一次能算 50 道、100 道，甚至 1000 道题目。”

“哈，好神奇啊。但这种东西怎么带上天空呢？”

“问得好！下一步，他们准备尝试把整个系统缩小在一个小小的玻璃盒子里面，加上周围连接食物和催化物的容器，最多是一个晶体管收音机的大小。你看到的这台就是大的了。这个将来会放在地面。”

看见这个奇怪的水池，想到未来的中国轨道号上竟然有这么神奇的设备，我觉得真是有趣。恍惚中我仿佛看到池子周围的射线灯明灭变换，乳浊液里面凝胶状态的东西正大片大片地发生着颜色的变化。我发现冬冬对这个画面特别感兴趣。联想到他曾经画出过很美丽的图画，难道这也跟大脑中不同的计算方式有关?

顾阿姨跟我们说，今天，我们要放弃“德国钢盔”，用咱们自己发明的“新帽子”。

顾阿姨说的新帽子，还真跟上次的德国钢盔有很大的不同。最明显的是，内侧的那些带着弹簧的金属片，现在变成了一片麻纹织网，能把脑袋全部覆盖。“麻纹”是我瞎编的词，就是摸起来像麻布一样，表面有许多小小的窟窿；“织网”的意思是它们纵横交织，形成一个个规则的格子。

现在，我们已经戴上了新帽子。麻纹织网的感觉跟之前完全不同，给人一种温热的触感。

我回头看了看冬冬。由于是第二次来实验室，冬冬已经变得特别放松。我们很快就戴好了头盔，坐在椅子上。我们的手中握有一个小型按钮，可以按不同的按键来回应对我们的指令。

门在身后被关上了。椅子在一个导轨上自动地前进。我们回到503房间，从那个玻璃池子前慢慢地滑过，成千上万只秀丽隐杆线虫用它们自己才懂的方式相互碰撞、作用。池子里的色彩不断变化。很快，我们穿过503，来到了504房间。当我们真正进入房间的时候，才知道这是一个怎样的世界。

这个房间如此之大，大到我觉得超过了整栋楼房的面积。但这是不可能的，因为我们已经走过了这层楼中的好几个房间。这是什么情况？

当我仔细观察的时候才发现，这种空间巨大的感觉主要来自房间的设计。房顶和地板不是平行的，而像一个喇叭的形状，近小远大。我们站在喇叭的吹孔，望着远处的喇叭口。因为担心顺着斜坡滑下去，我本能地扶了一下墙壁。说起墙壁，我这才发现，四周墙上布满了一些凸起的针状物。不是特别尖的针，而是一种有半根铅笔长的浅灰色小棍。这些小棍整整齐齐地布满整个墙壁，对，还包括房顶。一些巨大的扬声器一样的东西，一个一个被固定在这些铅笔状墙面中。扬声器的大小差别很大，排列也非常不规则。但大大小小组合在一起，整体看起来还挺漂亮的。这些小棍和扬声器到底是干什么用的？而且，怎么看着这么熟悉？

老汪在天台上做的那个红微子探测器，不就是这样的一堆扬声器似的东西吗？只不过，他的扬声器都是大小一致整整齐齐的，他好像说那个东西是试验接收红微子信号的。难道，顾阿姨的这个房间，也是受到老汪的启发才设计出来的？

精彩点评

《中国轨道号》是吴岩面向儿童读者创作的小说新作。作品的新异气息与精准的儿童文学视角令人眼前大亮。这是一部建立在回忆基础上的童年故事，起笔于1972年乍暖还寒的初春，描写以“小岩”为主角的一群孩子在空军第六军事装备研究所部队大院的童年成长。这个童年成长环境本身即构成了极具新异感的故事背景。军装所接到任务，参与宇航员上太空的714工程项目“中国轨道号”。文中，溶液计算机、皮层通信、捕捉红微子、空间扭力矩等科学阐释一丝不苟，呈现了科幻小说的味道。但令人耳目一新的是，故事并没有走向科幻小说的幻想场景，儿童也并未被塑造成许多少儿科幻小说中人类危急时刻的拯救者，而是以质朴的书写讲述了这一成长环境下儿童的所见所闻与儿童的自然成长，是一部科学背景下的儿童成长小说。

作品所展示的，不是科幻的奇妙，而是科学本身的奇妙。科学元素架构出一个独特的儿童成长环境，科学的魅力潜移默化浸润着儿童的人生观，参与着儿童的成长。作品中，大量有着生活原型的人物与细节支撑起了部队大院生活实感。尤其值得称道的是，作品采取了一种自然还原、不做绘饰的童心视角，一群有为少年，小岩、妹妹、王选、周翔，包括大人们的形象，爸爸、妈妈、顾所长、老汪等，各个个性鲜明。作品介于真实与虚构之间，介于科学与现实之间，朴素的生活摹写与科学元素有意味地融合，呈现出一种独特的科学气韵。作家首度面向儿童文学的创作定位拿捏精准，显见地拓展出一种既具儿童成长主题意蕴，又展现科学美学氛围的儿童小说新样貌。

太原师范学院教授、儿童文学博士　崔昕平

编后记

近年来，随着中国科幻文学的发展，以及科幻与影视等大众传媒的融合，本土科幻文艺日渐繁荣，少儿科幻也随之获得长足进步。但少儿科幻的发展并不仅仅是科幻热潮的光晕效应所致，更是因其有着不容低估的独立价值：对想象力的激发、对科学思维的开发、对科学精神的培养等。由此，这种文类正日益得到广大家长、教师和少年儿童读者的关注与喜爱。

有鉴于此，中国科幻研究中心联合大连出版社，推出《2020年度中国少儿科幻选本》，并将在此基础上，逐年遴选中国少儿科幻的优秀作品，邀请科幻创作、评论、教育、出版等方面的专家进行点评，希望以此引导助推少儿科幻的发展。

学术界对少儿科幻的定位，存在着“属于儿童文学的科幻”还是“属于科幻的儿童文学”的争论，这反映了少儿科幻作为一种介于科幻文学和儿童文学之间的“跨界文学”，具有儿童文学和科幻文学的双重属性。在两者所形成的张力中，少儿科幻作为一种独立文类的价值属性逐渐得以彰显。

一方面，优秀的少儿科幻作品和其他类型的儿童文学作品一样，通过精彩的故事，使小读者享受阅读乐趣的同时有所启迪。换言之，它和所有优秀的儿童文学作品一样，通过沉浸、熏陶、引导的审美手段，实现涵养人文精神的价值目标。

另一方面，纯正的少儿科幻作品并不因其“少儿”的读者定位而减弱其在科幻内核上的追求，优秀之作往往在科幻创意和题材上有一定的创新和突破。当然，从价值指向上来说，少儿科幻作品的“科幻性”指向的是智趣和理趣，即激发和引导科学想象力，涵育科学精神、科学思维。这和成人科幻作品追求思想实验的价值指向有所区别。

以上两个方面，也成为我们审视和评判少儿科幻作品的大致参考标准。在本书具体篇目的遴选上，我们尽量兼顾以下原则：主题健康积极，作品有丰富的文学品格，有助于儿童形成“真善美”的人生观和世界观；题材丰富多样，贴近科技发展热点，有助于开拓读者视野；培养其对社会的关注和对世界、未来的好奇心；科幻内核创意鲜明，有助于读者想象力的开发和理性思维能力的培养；创作形式方面，除了类型化的科幻故事，我们还特别关注优秀的科幻童话，以及奇幻和科幻杂糅的泛科幻、轻科幻等。

我们还注意到，作为少儿科幻作品目标读者群的儿童、少年，在不同成长阶段，身心发展和阅读能力都在循序渐进地动态发展。因此遴选作品时，我们既关注那些针对6—9岁儿童读者、科幻设定和故事情节比较浅显、情感元素比较充沛的儿童科幻作品，也关注那些针对10—15岁少年读者、故事情节相对复杂、科幻设定更为深入的少年科幻作品。

我们力图通过全书编排体例的设计来呈现由浅入深的动态认知

过程，短篇和长篇都是儿童科幻在前，少年科幻在后。读者在阅读本书时，既可以随便抽取其中一篇阅读，也可以按照从前到后的顺序系统阅读。

经过编委会的共同努力，最终我们遴选出 2020 年度在各期刊发表的优秀短篇少儿科幻作品 15 篇，以及各出版机构推出的优秀长篇少儿科幻作品 8 部（系列）。作品题材涉及机器人、人工智能、未来技术、宇宙探索、地理探奇和历史探秘等；除了活跃在少儿科幻领域的专业少儿科幻作家的精品力作，还有不少初次投身少儿科幻创作的作者的新锐之作和以成人科幻创作为主，偶涉少儿科幻的作者的试水之作。科幻理论家吴岩在搁笔多年后重返少儿科幻创作，推出《中国轨道号》，可视为本年度中国少儿科幻领域的扛鼎之作。

我们衷心希望这本书能为广大少年儿童读者所喜爱，为他们的精神世界打开一扇窗，让他们的心灵在广阔的时空中自由翱翔；也希望它能成为广大少儿科幻创作、研究人员系统检视和研究中国少儿科幻创作成果的参考书。

中国科普作家协会秘书长、中国科普研究所研究员　陈玲